1945

ANIMAL FARM

A FAIRY STORY

動物農莊

(暢銷改版)

George Orwell 喬治・歐威爾

張毅、高孝先——譯

〈總序〉

尋找大衆的共同閱讀記憶

曾麗玲

從解構的觀點，一切不外乎文本，所以沒有人會眞正初次讀到一篇世界文學名著，因爲根據解構的論點，讀者在他所閱讀的世界名著裡，總會體會到事物本質不外乎文本的延異性，此體悟總已悄悄的體現在他所謂「初讀」的文本裡，所以「初識」、「初讀」一本作品其實是一種假象、也是一種神話。

若暫時存而不論解構的爭議，一般讀者在面對一份冠有「世界文學名著」的書單時，他們的反應其實總是異常熟悉的，試想不論是否曾經眞正由頁首至頁尾讀畢《傲慢與偏見》、《飄》、《咆哮山莊》、《鐘樓怪人》，我們好像都已耳聞、甚至已認識伊莉莎白・貝內特、達西先生、郝思嘉、白瑞德、凱瑟琳、希斯克里夫、愛絲美拉達與加西莫多，更遑論與其書名同名的包法利夫人、簡・愛、格列佛、愛麗絲、湯姆・莎耶、哈克・芬、高老頭等這些在讀者個人心靈版圖、甚至大眾共同閱讀記憶裡已佔一鮮明之席的文學人物了。那我們到底有沒有閱讀過所謂的世界文學名著呢？

所謂「名著」，其西文字源極有意義，法文稱 chef d'oeuvre，英文稱

masterpiece，兩字的起源很早，指的是中古世紀歐洲行會制度下，想要晉升大師階層的漂泊人精心製造可達大師級的手工藝品，這個字以後便泛指展現大師級高超技巧的作品。漂泊的行路人的起源極有意思，好似創作與行路漂泊的經驗十分相關，於是可登上名著之列的作品，必須淬鍊人類的歷史、經驗、情感、及精神。它們是我們的光明面，也是我們的黑暗面，是白日現實，也是暗夜夢魘，這就是世界文學名著的魅力，它們一方面不斷吸引我們去尋覓那以爲尚未到來的「初讀」，一方面又如從夢的寶庫裡召回我們已保存在其中的記憶。既然它們可以是已知、也是未知的經驗、知識、及書單，名著系列的囊括就沒有窮盡性的問題，也與最爲完整、最有代表性、最佳首選等等最高級的宣稱無關。

商周出版規劃的「商周經典名著系列」便體認到名著無涯的道理，但遵循十九世紀英國文學理論大家馬修・阿諾（Mathew Arnold）著名的文學教育理念，即以傳承人類所有最爲美好的思想爲我們編纂本系列的指導原則，不僅囊括那些我們耳熟能詳、甚至魂牽夢縈的書選，也開發世界文學大家較爲冷門偏僻的作品，以便一舉爬梳我們已有的記憶，也增潤我們未來藉以新形成的人生經驗。

謹以此序與讀者共勉。

記於民國九十四年夏，台大外文系

目錄

〈導讀〉

《動物農莊》裡那些人模人樣的畜牲

張瑩棻

喬治・歐威爾原名艾瑞克・布萊爾（Eric Blair），公元一九〇三年生於印度，一九〇七年隨同家人遷往英格蘭，一九一七年進入有名的伊頓公學就讀，那個時候他就投稿給幾本書院的雜誌。歐威爾年輕時曾到當時被英國統治的緬甸擔任警察工作，之後他過了好幾年貧窮的生活。他是貧苦大眾之喉舌，也被譽為二十世紀最有影響力之政治小說作家。歐威爾於一九四九年出版的恐怖烏托邦小說《1984》是二十世紀最具影響力的文學著述之一，曾被拍成電影。他的中篇小說《動物農莊：童話故事》於一九四五年出版，到了一九五〇年代變成一部家喻戶曉的作品。

這部小說的歷史背景是公元一九一七年的俄國大革命。當時沙皇尼古拉二世的政權被瓦解了，帝俄時代被終結了。只是人民的生活並沒有如革命者當初所承諾地有所改善，而史達林在公元一九二八年前後更開始以獨裁者姿態恐怖統治蘇聯。歐威爾就是為那些受到史達林蹂躪的勞工們打抱不平，他藉這部小說警告人們極權主義政權是危險的，因爲人們的生活是被嚴密監視控制的。

《動物農莊》故事情節大致上是這樣的：一隻老豬在臨終前，召集農莊裡的動物，鼓動牠們革命顛覆農莊主人瓊斯先生，不再讓他繼續剝削牠們的勞力所得。果眞一下子牠們合力將瓊斯先生一家及他的員工全部都趕走了。但是這些動物立即又再落入另一個困境裡，因爲豬領導還是用類似前農莊主人瓊斯先生之管理方式對待牠們。

表面看來，這部小說一開始好像是寫人與獸之爭，好像在探討那歷久不衰之主題：「究竟人與獸誰才是主人？」亙古亙今人類與禽獸之間一直有著非常微妙的互動，人類與禽獸之間的爭鬥，也是不斷地上演。遠古時代人獸互吃，目的不外是爲了生存。今時今日獸吃人的機率大大下降，但是人吃獸並未停止，反而變本加厲，莫非是人類一直都沒進化？或許有人會抗議我這樣說，可能有人還會反駁並指出現代人道主義正大放異彩，就看狗與人之間的關係此一時彼一時，狗再也不是單純用來看門狩獵的，放眼望去只見林立著狗旅館、狗安親班、狗美容、狗SPA、狗專用游泳池，天冷時養狗的人替狗穿上衣服，平日在街上養狗的人都替狗撿排泄物，這樣看來似乎狗才是主人。不過，狗常也是被虐對象，而施虐者就是人類。最普遍的虐狗事件就是飼主將已養到中老年的狗棄養，就此也製造了流浪狗之諸多問題。人類心思眞的太複雜了，不像其他動物那樣單純。

《動物農莊》並不是講人與獸之爭的。歐威爾是藉著小說裡戴著動物面具的角色批評人性的黑暗面，讀完小說只能讚嘆他將人性弱點刻畫入微。以下我從這部小說選了一些描繪人性面貌的片斷加以說明。首先，我們看到權力是會讓人腐化的。豬隻將乳品及蘋果留著自己豬群食用，不分給辛苦工作的其他動物，藉口是豬群要夠健康才能繼續帶動革命。又因爲豬是領導者，所以小豬群得到優厚待遇。豬領導拿破崙偷偷養大九隻狗做牠自己的跟班保鏢。豬領導完全漠視革命當初訂定「所有動物生而平等」之戒律。豬隻後來搬進農場主宅居住，而且還睡在人類的床上，原先革命當時說好動物不使用農場主宅，而且動物不使用人類的床。由此可見人性弱點之一就是享受特權享受奢華。還有就是一旦掌權不願放手，豬領導拿破崙要其他動物歌功頌德，還要一人競選連任當總統。

歐威爾似乎也讓讀者思考「人是會思考的嗎？」這個問題。有一個場景很有意思，兩隻屬於領導層級的豬各說各話要拉攏群眾，農莊裡的那些動物無法決定哪一隻說的才是對的，牠們只好支持正在說話的那一隻豬，牠們贊成牠說的一切，也就是，誰正在說話誰就有理。我們瞭解人類群眾心理常常就是這樣。但說來也奇怪，農莊裡的那些動物很多都學會人類書寫系統、但是這些會讀書寫字的動物似乎還是缺乏判斷事情的能力，似乎還未能獨立思考分析，牠們聽了豬領導說的話，就照單全收了，絲毫都不會質疑一下、衡量一下、評估一下。這其實是歐威爾在挖苦那些受過教育卻沒有判斷力的人們。

其他人性的黑暗面還有「巧言令色」、「見異思遷」，以及「愛好勾心鬥角」。豬隻發言人尖聲仔很會為豬隻辯護，牠有溝通技巧也很會運用溝通策略，只是毫無誠意，其他動物紛紛落入牠巧言令色之圈套。有一匹虛榮的母馬名叫茉莉，牠跑到隔壁農場被包養，農莊裡的動物再也不想提起見異思遷的牠。原先的農場主人瓊斯先生對別人說自己被動物趕走的事，其他的農夫只是原則上同情他，他們不但未給予瓊斯先生幫助，反而是在心裡盤算如何將瓊斯先生的損失變成自己的利益。這道出人心不古，人類之心懷鬼胎。就像雪球研究風車，拿破崙卻不以為意，這兩隻豬常意見相左，作者是否暗示人吃人（人欺人）其實不稀奇？

《動物農莊》故事的諷刺在於本來農莊的動物期待推翻以人為首的農莊主人能換得自由，可是以豬為首的管理階層讓動物們苦上加苦，這實在是牠們所始料未及。

或許原先動物們以爲以豬爲首的管理階層會「獸面人心」罷。殊不知「人心」不等於「仁心」。小說中的一個情節是雞隻被迫要增加生蛋量，於是牠們準備造反，豬領導拿破崙以高壓手段把九隻雞餓死。以高壓管理後動物們都不敢說眞心話，因爲狗隻到處走動巡邏，而被迫承認是內奸的動物則一一被殺。不久，那匹最勤勞的馬拳擊手因年老又工作過勞倒下生病，豬領導竟然要將牠出賣，利用牠最後之剩餘價值。拳擊手是被一輛寫著「宰馬店」的馬車載走的，從此牠就再也沒回到動物農莊。有一天母馬幸運草驚叫，大夥赫然發現豬隻都用後腿立著走，這是充滿象徵意義的。

人豬相像到難以辨別寫來十分精彩。或許《動物農莊》就是要傳遞給我們「人只是獸」這個訊息，畢竟人與獸是同屬動物界，所以難免會人面獸心、衣冠禽獸。人類非常自私，馴養動物是爲自利，食動物肉、勞役動物、買賣動物以滿足自己需求。以豬爲首的管理階層，在瓊斯先生一家及他的員工全部都被趕走之後，就提出「人類即是禽獸主義」（Animalism）。如果我們試著將這些動物角色之面具掀開，揭露出來的是人性本質的一種面貌，被刻畫出之人性弱點有私慾、虛假、自傲、虛榮等。《動物農莊》的結局使角色再次落入生活的混亂之中，是爭鬥之再起，於此觀之，《動物農莊》所反映的是生存本質，是一個諷刺文學作品（satire），它挖苦嘲諷政治黑幕與人性本質的黑暗面。歐威爾寫的這部小說《動物農莊》有個副標題叫做「童話故事」。相信很多人都和我起先一樣，以為這是一本為小朋友而寫的故事書，殊不知它是部相當嚴肅的小說，對象為成年讀者。雖然兒童不宜，卻是成人必讀，因為歐威爾藉由小說的娛樂效力，發揮出小說的教育作用，它是一部值得精讀的好書。

（作者為前德明財經科技大學應用外語系副教授）

〈推薦序〉

在革命廢墟的瓦礫裡尋找新芽

李明璁

「在知道子彈正巧穿過脖子的那一瞬間，我覺得自己這下肯定完蛋了。我從來沒聽過任何人或動物被子彈從喉嚨正中穿透還能活下來的。血沿著嘴角滴下來……眼前的一切都模糊不清。」

一九三七年五月某日破曉時分，在西班牙韋斯卡戰區的壕溝內，一名哨兵於換班交接時中彈，他叫艾瑞克·布萊爾，是英國兩千多名自願前來參與這場反法西斯戰役的其中一位。當時他才新婚週年，且剛出版一部關於北英格蘭礦工貧困生活的深度報導，開始受到英國評論界的注目。「喬治·歐威爾」是他的筆名，也是他於一九三〇年前後在倫敦自我放逐、流浪街頭時所用的假名。

在《向加泰隆尼亞致敬》（*Homage to Catalonia*, 1938）的倒數第二章裡，歐威爾詳實記錄了自己差點喪命的經過與心情。儘管寫來一派輕鬆（一開始他竟然說中彈的過程「十分有趣」），顯然是他一貫的黑色詼諧筆調，但讀來還是令人驚心動魄，捏把冷汗。子彈的確射穿了他的喉嚨，但就差那麼幾釐米，幸好避開了頸椎和動脈，否則世人就無緣得見日後那座「動物農莊」的荒謬變貌。

然而，這場捍衛西班牙社會主義民主政權的戰役，真正讓歐威爾感到極大挫敗的，並非自己在鬼門關前走那一遭，或最終仍讓佛朗哥法西斯叛軍得勝，而是來自左派陣營裡的同志鬩牆，及其卑劣而殘酷的內鬥手段。

從歐威爾的紀實書寫中，一開始我們看到初抵西班牙的他，是如此讚頌左翼志願民兵組織中的平等共享，其堅定的社會主義信念表露無遺。然而越到後面就越令人不寒而慄，「同一國」內部的權力競逐與險惡鬥爭，較諸日益緊繃的外部戰事更加危險。

握有統領和宣傳大權的共產黨，受到蘇聯史達林政權的控制，在內戰如火如荼之際，竟一再對歐威爾所屬的「馬克思主義聯合勞工黨」（被類歸為托洛斯基派）進行攻擊：貼標籤（「法西斯同路人」）、扣帽子（「和佛朗哥叛軍密謀」），先透過法律和文宣加以定罪，然後將幹部們一一逮捕入獄、甚至暗地處決。極其諷刺啊！他們最終竟是遭到「同志」所害，而不是被法西斯敵人所殺。

當並肩的情誼變成了互鬥的猜疑、甚至無情的殺戮，左派其實開始向右傾斜，同志根本不再是同志，而革命的理想也跟著迅速埋葬。親身經歷了這一切的歐威爾，面對當時歐洲主流的「進步論述」——認爲蘇聯的嚴酷專制是建設社會主義國家「不得不」的必經之路，他內心充滿了矛盾與不安。在返回英國的接下來十年裡，歐威爾就一直思考著如何透過創作，摧毀這個「蘇聯迷思」，讓社會主義的理念及行動，從史達林威權統治下的禁錮與扭曲中得到解放。

於是，他採取了最平易近人的書寫策略：一個詼諧諷刺的寓言體，而且篇幅不能太長。一九四五年，《動物農莊》出版，佳評如潮。時值歐威爾以記者身分再次前往歐陸，見證了納粹德軍的潰敗；然而當年在新婚期間隨之共赴西班牙內戰的愛妻，卻在英國病逝。面對喜悅與哀傷的交織，世事與家事的兩難，在那樣一個巨變的年代，人或許渺小，但卻因作品而偉大。

動物農莊裡的角色設定極爲鮮明，歐威爾並不過於隱晦，似乎就是要讓讀者們能直接聯想，將當時蘇聯社會中的各色人等一併對號入座加以檢視。例如只出場一幕但卻激動民心的「老少校」，是啓蒙者卻來不及參與和反省革命的列寧（或可上溯及馬克思）；兼具個人知性魅力與溫暖同志情誼的「雪球」，是主張不斷革命論但遭鬥爭流放的托洛斯基；至於豢養眾多惡狗、致力於剷除異己、擴權獨裁、最後甚至「人模人樣」與敵同謀的「拿破崙」，毫無疑問當然就是史達林。

而在情節安排上，歐威爾除了具備所有優秀小說家都有的絕佳說故事能力，更具有一種如米爾斯（Wright Mills）所倡言之「社會學的想像」（sociological imagination）。在每一個短小的篇章裡，關於獨裁者的各式統治伎倆、如何「以革命之名行反革命之實」，其描述都相當犀利精準。

比如說，在面對內部成員產生質疑或提出挑戰時，統治者就會提醒「有一個外部強敵正虎視眈眈」（如瓊斯先生），從而訴諸團結向心；當大家生活困頓、無助徬徨時，當權者就藉由興建「偉大」工程（如風車）、舉辦大型儀式慶典遊行等群眾運動，來彌補群眾的失落；如果有人質疑分配不均，就會出現「統治菁英的勞心工作如何辛苦以至於需要較多酬報」的論述；而例行性的提示數據，證明「現在比過去更好、或即便現在仍沒有很好不久將來也一定會好轉」，則是一貫的宣傳洗腦用語；至於竄改歷史，將不受當權喜愛者入罪，或者逕行修法（如七誡之增刪）讓受質疑的統治者脫罪，更是粗暴但常見的威權治術。挑出這些書中例子，我們很難不進一步聯想到中國文革、以及戰後台灣政治發展中的對應怪象，而這正是《動物農莊》

之所以能歷久彌新、四海皆準的傳世之處。

這是我第三次閱讀《動物農莊》，內心仍波濤不已。依稀記得，在一九九〇年六月的某個夜裡，我坐在搖晃開回輔大的公車上，就著昏暗燈光從老上校激勵人心的穀倉演說開始讀起。那時我大一，連二十歲都未滿，不久前才參與了三月野百合和五月反軍頭組閣兩大學運戰役，是會在每一本筆記簿扉頁都寫上「全世界無產者團結起來」的那種衝鋒少年。車程有些遠，一路下來也就看了三分之二。動物農莊裡當權豬仔們「打著紅旗反紅旗」的嘴臉令我笑不出來，我不可避免地想到自己前刻才剛從一個學運集會中逃離，某些夾雜艱澀術語所進行的指控、訕笑、猜忌、套問、甚至驅逐的「批鬥」場面，對一個過度天眞的革命菜鳥而言實在消化不良。

不過我後來並沒有因而犬儒卻步。我鍾愛歐威爾、米蘭昆德拉、村上春樹等小說家對不同時空裡革命行動的反思，但這些作品終究無法綁住我仍期望自己認眞走過一遭的雙腳。我總覺得：引人發笑的嘲諷荒謬，其實是深沉的反省姿態。讓人無奈的感嘆失望，其實是最熱切的期待語調。表面上，《動物農莊》是不再信任所謂革命理想的犬儒主義，但骨子裡卻仍充滿對社會主義人道信念的基本堅持。也因此，這部作品一直是自己革命幻想裡最尖銳的提醒，也是挫敗經驗中最溫柔的救贖。

至於我第二次進入《動物農莊》是在一九九八年了，那是我即將負笈英國的前刻，剛好在整理書櫃時發現，忍不住就讀了起來。那一次的閱讀感受遠比第一次更爲複雜強烈，大概是因爲在那幾年裡，我從一個關心政治與社運議題的研究生變成了當時在野而今執政的黨的政策幕僚，然而卻又在一年深入的實務參與後，帶著滿身的無力與滿腦的疑惑離開。我只能說，自己似乎看到了它即將盛開，但也即將腐敗。就像是小說結尾那令人驚恐的一幕：豬抬起了前腳，開始學人走路。

後來我在英國陸續讀了歐威爾的其他作品及其傳記，慢慢發現若將之與《動物農莊》串聯來看，或許焦點就不再只是令人氣憤作嘔的豬仔角色，或將故事機械式地對應時局予以嘲諷，更不是訴諸龐大而無奈的人性解讀。相對於這些悲觀傾向的閱讀心情，我其實更想在歐威爾既尖銳又幽默的筆觸中，找尋他獨特的社會哲學與生命情調。或許可以這麼說：抗拒社會的定型僵化與集體控制、要從這裡頭尋求眞正解放的可能，就是歐威爾創作與生活的基調吧。而今，又一個八年過去，三度「重返」《動物農莊》，我已三十四歲，恰恰就是歐威爾他在西班牙遭法西斯彈擊與共產黨夾擊時的年紀，放洋多年後我終於回到了這個既想擁抱又想逃離的祖國原鄉。

〈譯序〉

關於《動物農莊》及其作者喬治・歐威爾

張毅、高孝先

《動物農莊》於一九四五年在英國首次出版。嚴格地說，它不是一部小說，而是一個諷刺性的政治寓言。它的特點是：在內容上豐富、深刻，在文字上卻十分淺顯、明晰。因此，它被公認爲二十世紀最傑出的政治寓言，並在現代英國文學史上占有一席不可或缺的重要地位。

《動物農莊》不但流傳甚廣，而且影響極深。甚至於書中的有些語言還變成了人們的口頭禪。有關學者稱之爲「《動物農莊》之謎（The Myth of 'Animal Farm'）」。這本書一直吸引著眾多的讀者。在以英語爲母語的國家裡，可以說它早已家喻戶曉，同時，它又被譯成二十多種文字在全世界流傳。

爲了全面地瞭解《動物農莊》，這裡簡單介紹一下有關這本書及作者歐威爾的背景。

作者喬治・歐威爾（George Orwell）是英國人，本名艾瑞克・亞瑟・布萊爾

（Eric Arthur Blair）。一九〇三年生於印度，當時，他的父親在當地的殖民地政府供職，用他自己的話說，他家屬於「中產階級的下層，或沒有錢財的中產家庭」。一九〇四年，由母親帶他先回到了英國。他自幼天資聰穎，十一歲時就在報紙上發表了一篇詩作《醒來吧，英格蘭的小夥子們》，十四歲又考入著名的伊頓公學，並獲取了獎學金。但早在小學時期，他就飽嘗了被富家子弟歧視的苦澀，從他後來的回顧中可以看出，憑他那天生就很敏感的心靈，這時已經對不平等有了初步的體驗。

一九二一年，布萊爾從伊頓畢業後考取了公職，到緬甸當了一名帝國警察，在那裡，被奴役的殖民地人民的悲慘生活無時不在刺激著他的良知。看著他們在飢寒交迫中、在任人宰割的被奴役中掙扎，他深深感到「帝國主義是一種暴虐」。身爲一名帝國警察，他爲此在良心上備受煎熬，遂於一九二七年辭了職，並在後來寫下了《絞刑》（*A Hanging*，一九三一年，此爲正式出版年代，下同）、《緬甸歲月》（*Burmese Days*，一九三四年）和《獵象記》（*Shooting an Elephant*，一九三〇年），這些紀實性作品，對帝國主義的罪惡作了無情的揭露。

但是，這一段生活經歷仍使布萊爾內疚不已。爲了用行動來表示懺悔，也爲了自我教育，他從一九二八年一月回國時起，就深入到社會最底層，四處漂泊流落。

儘管他自幼就體弱多病，但在巴黎、倫敦兩地，他當過洗盤子的雜工，住過貧民窟，並常常混跡在流浪漢和乞丐之中。次年，布萊爾寫下了關於這段經歷的紀實性作品《巴黎倫敦落魄記》（*Down and Out in Paris and London*，一九三三年），眞切地描述了生活在社會底層的人民的苦難。正是在爲這部作品署名時，布萊爾用了「喬治・歐威爾」這一筆名。某種程度上說，「歐威爾」的出現，開始了布萊爾的新生活。

這時的歐威爾已經把自己深切的情感繫於無產階級的命運上，在思想上也開始傾向社會主義。他不能容忍勞苦大眾在英國處於一種「被忽視的」地位，他曾這樣深情地寫道：「他們才是眞正的英國人。」趕巧，在一九三六年，有一位進步出版商聘請一位屬於「不是受害者自己，而是見證人」的作家，去北部工業區（蘭開郡、約克郡）對工人的窮困狀況作實地調查。被認爲是最合適人選的歐威爾欣然應聘，歷時數月，透過自己的親眼所見，並參考了包括恩格斯《一八四四年英國工人階級狀況》在內的大量歷史文獻，終於寫成了《通往威根碼頭之路》（*The Road to Wigan Pier*，一九三七年）——其中記述了大量的事實，深切地反映出工業區人民生活的悲慘和世道的黑暗。歐威爾不但據此憤怒地譴責資本主義工業化對人性的摧殘，還主張用社會主義來拯治社會的弊端。

一九三六年七月，西班牙內戰爆發。同年年底，歐威爾與新婚的妻子一同奔赴西班牙，投身於保衛共和政府的光榮戰鬥。歐威爾在前線擔任少尉，喉部曾經受過重傷。他爲記述西班牙內戰而寫的《向加泰隆尼亞致敬》（*Homage to Catalonia*，一九三八年）一書，後來成爲關於這場內戰的一篇權威性文獻。

但是，這場正義的戰爭，由於左翼共和政府內部分裂，最後竟失敗了。沒有死於法西斯槍彈下的歐威爾，竟差一點喪身在共和政府內部黨派之爭的傾軋中。這個慘痛的經驗對歐威爾影響巨大。他曾說自己「從一九三〇年起就是一個社會主義者了」，而這時候，他又開始考慮「捍衛民主社會主義」的問題了。這個思想出發點，一直影響到他後期的兩部名作《動物農莊》和《1984》（*Nineteen Eighty-four*，一九四九）的創作。

一九五〇年一月，歐威爾病逝，享年四十六歲。

他爲後人留下了大量的作品，僅以《動物農莊》和《1984》而言，他的影響已經不可估量。以至於爲了指代某些歐威爾所描述過的社會現象，現代英語中還專門有一個詞叫「歐威爾現象」（Orwellian）。

如果說，貫穿歐威爾一生的作品主要是反映「貧困」和「政治」這兩個主題，那麼激發他這樣寫作的主要動力就是良知和眞誠。

在西班牙內戰的前後時期，史達林在國內國際政治上的政策失誤給歐威爾刺激很大。一方面，史達林在國內大搞消除異己的「大清洗」，使無數忠誠的革命者死於無辜；另一方面，又費盡心機地在國際上企圖控制一切左翼勢力，其惡果也應對西班牙內戰的失敗負一定責任。在這種背景下，歐威爾開始思考「民主」問題。他認爲，史達林的作法是對社會主義的破壞，而且會使「蘇聯朝著眞正社會主義的方向背道而馳」。然而在當時，歐洲的進步知識分子普遍認爲，蘇聯的一切都代表著社會主義。歐威爾把這種現象稱爲「俄國神話」。因此，「爲了反抗專制，捍衛民主社會主義」，他於一九四四年寫了《動物農莊》。他在一九四七年爲烏克蘭文版的《動物農莊》作的序言中寫道：「在過去十年中，我一直確信，如果我們想使社會主義運動恢復生機，就必須得摧毀俄國神話。」但是《動物農莊》並未因此而一下得到應有的理解。一九四四年二月，在歐威爾剛剛寫完《動物農莊》的時候，二次大戰戰事正酣，正直的英國人認爲，對史達林這位反法西斯的英雄戰士妄加非議就意味著對正義的背叛；同時，進步人士又認爲，攻擊所謂「俄國神話」會有損社會主義形象。

當然，應該看到，歐威爾的思想也有很大的片面性。他既不是哲學家，也不是政治學家，他對生活的感受是出於一種敏感的直覺。當他鼓吹「平等、正義」的「不傷及自由而又消除了貧困的」社會主義時，他的社會主義「遠不是一種明確、清楚的政治或思想體系，而是一種深刻的心理經驗的粗糙歸納」（潘尼徹斯語）。而他在思想上對所謂「民主社會主義」的追求也因此反映出了他的某些褊狹，以至於跟他同時代的人在回憶他的時候，常常情不自禁地聯想到唐・吉訶德。這褊狹或許也是他那個時代的局限吧。

固然，歷史早已超越了他那個時代的局限。不過，正如馬克思所喜歡的格言所說的，「凡是人類所有的東西對我都不陌生。」用這種態度來看待《動物農莊》的話，讀書人誰甘於繼續對它感到陌生呢？

藉此機會，謹向蘇瑞美、李洪寬及其他諸友對譯本所給予的關懷和支持致以深誠的感謝；對康正果友所給予的指教，以及邵敏先生的大力支持致以深誠的感謝。

一九八八年春於西安

人物表

【瓊斯先生】曼納農莊主人。

【老少校】農莊中德高望重的公豬。

【藍鈴】狗

【傑西】狗

【鉗子】狗

【拳擊手】拉貨車的馬，個性堅韌不拔，農莊裡大家都佩服的對象。

【幸運草】拉貨車的母馬。

【妙瑞】白山羊。

【班傑明】驢子，農莊裡年紀最大、脾氣最壞的動物。

【茉莉】幫瓊斯先生拉車的母馬，非常愛漂亮，又不喜歡工作。

【摩西】馴化的烏鴉。

【雪球】負責訓練的三隻公豬之一，聰明伶俐又獨特。

【拿破崙】負責訓練的三隻公豬之一，也是農莊中唯一的伯克夏種公豬，固執出了名。

【尖聲仔】負責訓練的三隻公豬之一。

【皮金頓先生】鄰近動物農莊的狐林農莊主人，是個隨和的鄉紳。

【佛德里克先生】鄰近動物農莊的平場農莊主人，精明而難纏。

1

在曼納農莊裡，這天晚上，農莊的主人瓊斯先生鎖好了牲畜圈棚，但由於他喝醉了，竟忘了把活動門也關上。他提著馬燈，踉踉蹌蹌地穿過院子，燈光也隨之不停地搖來晃去。到了廚具貯藏室的後門，他把靴子一腳一隻踢了出去，又喝掉了酒桶裡的最後一杯啤酒，然後才晃悠著上床。此時，床上的瓊斯夫人早已鼾聲如雷了。

臥室裡的燈光剛一熄滅，整個農莊的圈棚裡立刻就騷動起來。白天，農莊裡就風傳著一件事，說是老少校，就是得過「中等白鬃毛」獎的那頭公豬，在前一天晚上做了一個奇怪的夢，想要傳達給其他動物。大家當時都同意，等瓊斯先生一走開，他們就到大穀倉內集合。老少校（儘管他在參加展覽時用的名字是「威靈頓美神」，但大家一直這樣稱呼他）在農莊裡一直德高望重，所以動物們爲了聆聽他想要講的事情，都十分樂意犧牲一小時的睡眠。

在大穀倉的一頭有一個凸起的台子，少校已經安坐在鋪好的草墊上了，上方的屋梁掛著一盞馬燈。他已經十二歲了，近來有些發胖，但他依然儀表堂堂。儘管他的獠牙從來沒有修剪過，但他依然面帶智慧和慈祥。不一會兒，動物們開始陸續趕來，並按各自不同的方式坐穩。最先到來的是三條狗，藍鈴、傑西和鉗子，豬群隨後走進來，並立即坐在台子前面的稻草上。母雞們臥在窗台上，鴿子們撲騰上了屋梁，羊和牛躺在豬身後，開始反芻了起來。兩匹拉貨車的馬，拳擊手和幸運草，一塊趕來，他們進來時走得很慢，每當他們要落下那巨大的毛茸茸的蹄子時，總是小心翼翼，生怕草堆裡藏著什麼小動物。幸運草是匹粗壯而慈愛的母馬，接近中年。她在生了第四匹小駒之後，體形再也沒能恢復原樣。拳擊手身材高大，個頭將近兩公尺，強壯得賽過兩匹普通馬，不過，他臉上長了一道直達鼻子的白毛，多少顯得有點憨。實際上，他確實不怎麼聰明，但他堅韌不拔的個性和幹活時那股十足的勁頭，讓他贏得大夥兒的尊敬。跟著馬之後到的是白山羊妙瑞，還有那頭驢，班傑明。班傑明是農莊裡年齡最老的動物，脾氣也最糟，他沉默寡言，不開口則已，一開口就少不了說一些風涼話。譬如，他會說上帝給了他尾巴是為了驅趕蒼蠅，但他卻寧願沒有尾巴也沒有蒼蠅。農莊裡的動物中，唯有他從來沒笑過，要問為什麼，他會說他沒有看見什麼好值得笑的。然而他對拳擊手卻是真誠相待，只不過沒有公開承認罷了。通常，他倆總是一起在果園那邊的小牧場上消磨星期天，肩並著肩，默默地吃草。

這兩匹馬剛躺下，一群失去了媽媽的小鴨子排成一排，一溜煙進了大穀倉，嘰嘰喳喳，東張西望，想找一處不會被踩到的地方。幸運草用她粗壯的前腿像牆一樣地圍住他們，小鴨子依偎在裡面，很快就入睡了。茉莉來得很晚，這個愚蠢的傢伙，長著一身潔白的毛，是一匹套瓊斯先生座車的母馬。她扭扭捏捏地走進來，一顛一顛地，嘴裡還嚼著一塊方糖。她占了個靠前的位置，就開始抖動起她的白鬃毛，試圖引起大家注意到那些編紮在鬃毛上的紅緞帶。貓是最後一個來的，她像往常一樣，到處尋找最溫暖的地方，最後擠進了拳擊手和幸運草之間。少校講演時，她在那兒自始至終只顧舒服地打呼嚕，壓根兒沒聽進少校講的任何一個字。

那隻馴化的烏鴉摩西臥在院子後門背後的架子上，除了他，所有的動物都已到場。少校看到他們都坐穩了，並聚精會神地等待著，就清了清喉嚨，開口說道：

「同志們，我昨晚做了一個奇怪的夢，這個你們都已經聽說了，但我想等一會兒再提它。我想先說點別的事。同志們，我想我和你們相聚的時間不多了。在我臨死之前，我覺得有責任把我已經獲得的智慧傳授給你們。我活了一輩子，當我獨自躺在豬圈中時，我總在思索，我想我敢說，如同所有健在的動物一樣，我悟出了一個道理，那就是活在世上是怎麼回事。這就是我要對你們講的問題。

「那麼，同志們，我們又是怎麼生活的呢？讓我們來看一看吧：我們的一生是短暫的，但卻淒慘而艱辛。一生下來，我們得到的食物僅僅只夠我們苟延殘喘而已，但是，只要我們還能動一下，我們便會被驅打著去幹活，直到用盡最後一絲力氣，一旦我們的油水被榨乾了，我們就會在難以置信的殘忍下被宰殺。在英格蘭，沒有一個動物在一歲之後懂得什麼是幸福或空閒，沒有一個是自由的。顯而易見，動物的一生是痛苦的、備受奴役的。

「但是，這眞的是命中注定的嗎？那些生長在這裡的動物之所以不能過舒適的生活，難道是因爲我們這塊土地太貧瘠了嗎？不！同志們！一千個不！英格蘭土地肥沃，氣候宜人，物產豐富，足以養活爲數比現在多得多的動物。拿我們這一個農莊來說，就足以養活十二匹馬、二十頭牛和數百隻羊，而且我們甚至無法想像，他們會過得多麼舒適，活得多麼體面。那麼，爲什麼我們依然處在如今這種悲慘境況呢？這是因爲，我們的全部勞動所得幾乎都被人類竊取走了。所以，同志們，一切問題的答案可以歸結爲一個字——人，人就是我們唯一眞正的仇敵。趕走人，飢餓與過度辛勞的禍根就會永遠除掉。

「人是唯一一種不事生產、專會揮霍的東西。他產不了奶，下不了蛋，瘦弱得拉不動犁，跑起來慢得連個兔子都逮不住。但他卻是所有動物的主宰，驅使他們去幹活，給他們的報償卻只是一點少得不能再少的草料，僅夠他們餬口而已。而動物勞動所得的其餘一切則都被人類據爲己有。是我們用勞動在耕耘這塊土地，是我們的糞便使它肥沃，可是我們自己除了這一副空皮囊之外，又得到了什麼呢？你們這些坐在我面前的牛，去年一年裡，你們生產了多少加侖的奶呢？那些本來可以餵養出許多強壯牛犢的奶又到哪兒去了呢？每一滴都流進了我們仇敵的喉嚨裡。還有你們這些雞，這一年裡你們已下了多少只蛋呢？可是又有多少孵成了小雞？那些沒有孵化的雞蛋都被拿到市場上，被瓊斯和他的夥計們換成了鈔票！你呢，幸運草，你的四匹小駒到哪兒去了？他們本來是你晚年的安慰和寄託！而他們卻都在一歲時被賣掉了，你永遠也無法再見到他們了。補償你這四次坐月子和在田地裡勞動的，除了那點可憐的飼料和一間馬廄外，還有什麼呢？

「就是過著這樣悲慘的生活，我們也無法安享天年。拿我自己來說，我無可抱怨，因爲我算是幸運的。我十二歲了，已經有四百多個孩子，這對一頭豬來說就是應有的正常生活了。但是，到頭來沒有一個動物能逃過那殘忍的一刀。你們這些坐在我面前的小豬仔們，不出一年，你們都將在刀架上嚎叫著斷送性命。這恐怖就是我們——牛、豬、雞、羊等等每一位都難逃的結局。就是馬和狗的命運也好不了多少。你，拳擊手，有朝一日你那強健的肌肉失去了力氣，瓊斯就會把你賣給屠馬商，屠馬商會割斷你的喉嚨，把你煮了給獵狗吃。而狗呢，等他們老了，牙也掉光了，瓊斯就會就近找個池塘，弄塊磚頭拴在他們的脖子上，把他們沉到水底。

「那麼，同志們，我們這種生活的禍根來自人類的暴虐，這一點難道不是一清二楚了嗎?只有趕走了人，我們的勞動所得才會全歸我們自己，我們才能在幾乎一夜之間，變得富裕而自由。那麼我們應該做什麼呢?毫無疑問，為了推翻人類，我們必須全力以赴，夜以繼日地準備!同志們，我要告訴你們的就是這個：起義!我不知道起義會在何時發生，或許近在一週之內，或許遠在百年之後。但我確信，就像看到我蹄子底下的稻草一樣確鑿無疑，總有一天，正義要伸張。同志們，在你們整個短暫的餘生中，盯住這個目標!尤其是，把我說的預言傳給你們的後代，這樣，未來的一代一代動物就會繼續這一場鬥爭，直到取得勝利。

「記住，同志們，你們的誓願絕不可動搖，絕不要讓任何詭辯將你們引入歧途。當他們告訴你們什麼人與動物有著共同利益，什麼一榮俱榮，千萬不要聽信，那全是徹頭徹尾的謊言。人只會顧及他自己的利益，根本不會理會其他生物。讓我們動物們在鬥爭中團結一致，情同手足。所有的人都是仇敵，所有的動物都是同志。」

就在這時刻，響起了一陣刺耳的嘈雜聲。原來，在少校講話時，有四隻個頭挺大的老鼠爬出洞口，蹲坐著聽他演講，突然間被狗瞧見，幸虧他們迅速竄回洞內，才免遭一死。少校抬起前蹄，平靜了一下氣氛：

「同志們，」他說，「這正是必須澄清的一點。野生的生靈，比如老鼠和兔子，是我們的親友呢，還是仇敵？讓我們表決一下吧，我向大會提出這個議題：老鼠是同志嗎？」

表決立即進行，絕大多數的動物同意老鼠是同志。有四個投了反對票，是三條狗和一隻貓。後來才發現他們其實投了兩次票，包括反對票和贊成票。少校繼續說道：

「我還有一點話要說。我只是重申一下，要永遠記住你們的責任是與人類及其習慣勢不兩立。所有靠兩條腿行走的都是仇敵，所有靠四肢行走的，或是有翅膀的，都是親友。還要記住：在與人類鬥爭的過程中，我們絕不要模仿他們。即使征服了他們，也絕不沿用他們的惡習。是動物就絕不住在房屋裡，絕不睡在床上，絕不穿衣、喝酒、抽菸，絕不接觸鈔票，從事交易。凡是人的習慣都是邪惡的。而且，最重要的是，任何動物都不能欺壓自己的同類。不論是瘦弱的還是強壯的，不論是聰明的還是遲鈍的，我們都是兄弟。任何動物都不得傷害其他動物。所有的動物一律平等。

「現在，同志們，我來談談關於昨晚那個夢的事。那是一個在消滅了人類之後的未來世界的夢想，我無法把它描述出來。但它提醒了我一些早已忘卻的事情。很多年以前，我還是頭小豬時，我母親和其他母豬經常唱一支古老的歌，那支歌，連她們也只記得個曲調和頭三句歌詞。我很小就很熟悉那曲調了。可惜這些年來也忘了。然而昨天晚上，我又在夢中回想起來了，更妙的是，歌詞也在夢中出現，這歌詞，我敢肯定，就是很久以前的動物吟唱、並且失傳很多代的那首歌詞。現在我就想唱給你們聽聽，同志們，我老了，嗓子也沙啞了，但等我把你們教會了，你們會唱得更好的。它叫〈英格蘭之獸〉。」

老少校清了清嗓子就開始唱了起來，正如他說的那樣，他聲音沙啞，但唱得很不錯。那首歌曲調慷慨激昂，旋律有點介於〈克萊曼婷〉①和〈蟑螂之歌〉②之間。歌詞是這樣的：

英格蘭之獸，愛爾蘭之獸，

普天之下的獸，
傾聽我喜悅的佳音，
傾聽那金色的未來。

那一天遲早要到來，
暴虐的人類終將推翻，
富饒的英格蘭大地，
將只留下眾獸的足跡。

我們的鼻中不再扣環，
我們的背上不再配鞍，
馬勒、馬刺會永遠鏽蝕，
不再有殘酷的鞭子劈啪抽閃。

① 〈克萊曼婷〉（Clementine），一首古老的美國民歌名，節奏緩慢，柔美，歌名爲一女子名。

② 〈蟑螂之歌〉（La Cucaracha），一首西班牙語的墨西哥民歌名，節奏歡快，Cucaracha是西班牙語的「蟑螂」。

那難以想像的富裕生活，
小麥、大麥、乾草、燕麥
苜蓿、大豆還有甜菜，
那一天將全歸我儕。

那一天我們將自由解放，
陽光普照英格蘭大地，
水會更純淨，
風也更柔逸。

哪怕我們活不到那一天，
但爲了那一天我們豈能等閒
牛、馬、鵝、雞
爲自由務須流血汗。

英格蘭之獸、愛爾蘭之獸，
普天之下的獸，
傾聽我喜悅的佳音，
傾聽那金色的未來。

唱著這支歌，動物們陷入了情不自禁的亢奮之中。幾乎還沒有等少校唱完，他們已經開始自己唱了。連最遲鈍的動物也已經學會了曲調和個別歌詞了。聰明一些的，如豬和狗，幾分鐘內就把整首歌全部記住了。然後，經過幾次嘗試，整個農莊頓時響徹著一片〈英格蘭之獸〉的合唱聲。牛哞哞地叫，狗汪汪地吠，羊咩咩地喊，馬嘶嘶地鳴，鴨子嘎嘎地喚。唱著這首歌，他們多麼興奮，以至於整整連著唱了五遍，要不是被打斷，他們真有可能唱個通宵。

不巧，喧囂聲吵醒了瓊斯先生，他自以爲是院子中來了狐狸，便跳下床，操起那把一直放在臥室牆角的獵槍，朝黑暗處開了一槍，射出的六號子彈的散粒穿入穀倉的牆裡。會議就此匆匆解散。動物們紛紛溜回自己的圈棚。家禽跳上了他們的架子，家畜臥到了草堆裡，頃刻之間，農莊便沉寂了下來。

2

三天之後，老少校在睡夢中平靜地死去。遺體埋在蘋果園腳下。這是三月初的事。

隨後的三個月裡，有很多祕密活動。少校的演講給農莊裡那些比較聰明的動物帶來了一個全新的生活觀念。他們不知道少校預言的起義何時才能發生，他們也無法想像起義會在他們有生之年內到來。但他們清楚地曉得，爲此做準備就是他們的責任。訓導和組織其他動物的工作，自然而然地落在豬的身上，他們被一致認爲是動物中最聰明的。而其中最傑出的是兩頭名叫雪球和拿破崙的公豬，他們是瓊斯先生打算養大後賣掉的。拿破崙是頭伯克夏公豬，也是農莊中唯一的伯克夏種，個頭挺大，看起來很兇，話不多，素以固執而出名。相比之下，雪球要伶俐多了，口才好，也更有獨創性，但看起來個性上沒有拿破崙那麼深沉。農莊裡其他的豬都是肉豬。他們中最出名的是一頭短小而肥胖的豬，名叫尖聲仔。他長著圓圓的面頰，炯炯閃爍的眼睛，動作敏捷，聲音尖細，是個不可多得的演說家。尤其在闡述某些艱深的論點時，他習慣於邊演講邊來回不停地蹦跳，同時還甩動著尾巴。而那玩意兒不知怎麼搞的，就是富有蠱惑力。別的動物提到尖聲仔，都說他有本事把黑的說成白的。

這三頭豬把老少校的訓誡用心琢磨，推敲出一套完整的思想體系，他們稱之爲「動物主義」。每週總有幾個夜晚，等瓊斯先生入睡後，他們就在大穀倉裡召集祕密會議，向其他動物詳細闡述動物主義的要旨。起初，他們針對的是那些遲鈍和麻木的動物。這些動物中，有一些還大談什麼對瓊斯先生的忠誠的義務，把他視爲「主人」，提出很多淺薄的看法，例如「瓊斯先生餵養我們，如果他走了，我們會餓死的」等等。還有的問到這樣的問題：「我們幹嘛要關心我們死後才會發生的事情呢？」或者問：「如果起義注定要發生，我們幹不幹又有什麼關係？」頗費周折的是，要教這些動物懂得這些說法都是與動物主義相悖離的。最愚蠢的問題是那匹白牝馬茉莉提出來的，她最先問雪球的問題是：「起義以後還有糖嗎？」

「沒有，」雪球堅定地說，「我們沒有辦法在農莊製糖，再說，你不需要糖，但你想要的燕麥和草料你都會有的。」

「那我還能在鬃毛上紮緞帶嗎？」茉莉問。

「同志，」雪球說，「你如此鍾愛的那些緞帶全是奴隸的標記。你難道不明白，自由比緞帶更有價值嗎？」

茉莉同意了，但聽起來並不十分信服。

豬面對的更爲困難的事情，是對付那隻馴化了的烏鴉摩西所散布的謊言。摩西是瓊斯先生的特殊寵物，是個線民和饒舌的傢伙，還是個靈巧的說客。他聲稱他知道有一個叫做**糖山**的神祕國度，那裡是所有動物死後的歸宿。它就在天空雲層上面的不遠處。摩西說，在糖山，每週十天，天天都是星期天，一年四季都有苜宿，在那裡，方糖和亞麻子餅就長在樹籬上。動物們憎惡摩西，因爲他光說閒話而不幹活，但動物中也有相信糖山的。所以，豬不得不竭力爭辯，教動物們相信根本就不存在那樣一個地方。

他們最忠實的追隨者是那兩匹拉貨車的馬，拳擊手和幸運草。對他們倆來說，靠自己想通任何問題都很困難。而一旦把豬認作是他們的導師，他們便吸取了豬教給他們的一切東西，還透過一些簡單的討論把這些道理傳授給其他動物。大穀倉中的祕密會議，他們也從不缺席。每當會議結束要唱那首〈英格蘭之獸〉時，也由他們帶頭開始唱。

這一陣子，就結果而言，起義比任何一個動物預期的都要來得更早也更順利。在過去數年間，儘管瓊斯先生是個苛刻的主人，但不失爲一位能幹的農莊主人，可是近來，他正處於諸事不順的時期，打官司賠了錢，使他更沮喪沉淪，並開始酗酒。有一陣子，他整日待在廚房裡，懶洋洋地坐在他的溫莎椅①上，看報紙，喝酒，偶爾把乾麵包片在啤酒裡沾一下餵給摩西。他的夥計們也無所事事，又不誠實。田地裡長滿了野草，圈棚頂也漏了，樹籬無人照管，動物們飢腸轆轆。

六月，眼看到了收割牧草的時節。在施洗約翰節②的前夕，那一天是星期六，瓊斯先生去了威靈頓，在雷德蘭喝了個爛醉，直到第二天，也就是星期天的正午時分才趕回來。他的夥計們一大早擠完牛奶，就跑出去打兔子，沒有操心給動物添加草料。而瓊斯先生一回來，就拿了一張《世界新聞報》蓋在臉上，在客廳沙發上睡著了。所以一直到晚上，動物還沒有被餵過。他們終於忍受不住了，有一頭母牛用角撞開了貯藏棚的門，於是，所有動物一擁而上，自顧自地從飼料箱裡搶東西吃。就在此時，瓊斯先生醒了。不一會兒，他和他的四個夥計手裡拿著鞭子出現在貯藏棚，上來就四處亂打一氣。飢餓的動物哪裡還受得了，儘管毫無任何預謀，但不約而同，都猛地撲向這些折磨他們的主人。瓊斯一夥人忽然發現自己正處在四面被圍之中。被犄角牴，遭蹄子踢，形勢完全失去了控制。他們從前從未見過動物這樣的舉動，他們曾經怎樣隨心所欲地鞭笞和虐待這一群畜牲！而這群畜牲們的突然暴動嚇得他們幾乎魂飛魄散。轉眼工夫，他們放棄自衛，拔腿便逃。又過了個把分鐘，在動物們勢如破竹的追趕下，他們五個人沿著通往大路的車道倉皇敗逃。

瓊斯夫人在臥室中看到窗外發生的一切，匆忙揀些細軟塞進一個毛氈手提包裡，從另一條路上溜出了農莊。摩西從他的架子上跳起來，拍著翅膀尾隨瓊斯夫人，呱呱地大聲叫著。這時，動物們已經把瓊斯一夥趕到外面的大路上，然後砰地一聲關上五柵門。就這樣，在他們幾乎還沒有反應過來時，起義已經完全成功了：瓊斯被驅逐了，曼納農莊屬於他們了。

起初，有好一陣子，動物們簡直不敢相信自己的好運。他們做的第一件事就是沿著農莊奔馳著繞了一圈，彷彿是要徹底證實一下，再也沒有人藏在農莊裡了。接著，又奔回圈棚中，把那些屬於可憎的瓊斯統治的最後印記消除掉。馬廄旁的農具棚被砸開了，馬勒、鼻環、狗項圈，以及瓊斯先生過去常用來閹豬、閹羊的殘酷刀具，統統丟進了井裡。韁繩、籠頭、眼罩和可恥的掛在馬脖子上的草料袋，全都與垃圾一起堆到院中，一把火燒了。鞭子更不例外。動物們眼看著鞭子在火焰中燒起，全都興高采烈地歡呼雀躍起來。雪球還把緞帶也扔進火裡，那些緞帶是過去常

① 溫莎椅（Windsor Chair），十八世紀流行於英美的一種細骨軟椅。
② 施洗約翰節（Midsummer Day），六月二十四日，英國四個結帳日之一。

在趕集時紮在馬鬃和馬尾上用的。

「緞帶，」他說道，「應該視同衣服，這是人類的標記。所有的動物都應該一絲不掛。」

拳擊手聽到這裡，便把他夏天戴的一頂小草帽也拿了出來，這頂草帽本來是防止蠅蟲鑽入耳朵才戴的，他也把它和別的東西一起扔進了大火中。

不一會兒，動物們便把所有能引起他們聯想到瓊斯先生的東西全毀完了。然後，拿破崙率領他們回到貯藏棚裡，分發了雙份玉米給他們，給狗發了雙份餅乾。接著，他們從頭至尾把〈英格蘭之獸〉唱了七遍。然後安頓下來，而且美美地睡了一夜，好像他們還從來沒有睡過覺似的。

但他們還是照常在黎明時醒來，轉念想起已經發生了那麼了不起的事情，他們全都跑出來，一起衝向大牧場。離牧場不遠的地方，有一座小山丘，在那裡，可以一覽整個農莊的大部分景色。動物們衝到小山丘頂上，在清新的晨曦中四下注視。是的，這是他們的——他們目光所及的每一件東西都是他們的！在這個念頭帶來的狂喜中，他們兜著圈子跳呀、蹦呀，在噴湧而來的極度激動中，他們猛地蹦到空中。他們在露水上打滾，咀嚼幾口甜潤的夏草；他們踢開黑黝黝的田土，使勁吮吸那泥塊中濃郁的香味。然後，他們巡視農莊一周，在無聲的讚嘆中查看那耕地、牧場、果樹園、池塘和樹叢。彷彿他們以前從來沒見過這些東西似的。而且，就是在這個時刻，他們還是不敢相信這些都是自己的。

後來，他們列隊向農莊的窩棚走去，在農莊主院門外靜靜地站住了。這也是他們的，可是，他們卻惶恐得不敢進去。過一會兒，雪球和拿破崙用肩撞開門，動物們才魚貫而入，他們小心翼翼地走著，生怕弄亂了什麼。他們踮起蹄子尖一個屋接一個屋地走過，連比耳語大一點的聲音都不敢吱一下，出於一種敬畏，目不轉睛地盯著這難以置信的奢華，盯著鏡子、馬鬃沙發和那些用他們的羽絨製成的床鋪，還有布魯塞爾地毯，以及放在客廳壁爐台上的維多利亞女王的平版肖像。當他們拾級而下時，發現茉莉不見了。回頭去找，才見她待在後面一間最豪華的臥室裡。她在瓊斯夫人的梳妝台上拿了一條藍緞帶，傻乎乎地在鏡子前面貼著肩臭美起來。在大家嚴厲的斥責下，她才又走了出來。掛在廚房裡的一些火腿也被拿出去埋了，廚具貯藏室的啤酒桶被拳擊手踢了個洞。除此之外，房屋裡任何其他東西都沒有動過。大家在農莊主院現場一致通過了一項決議：農莊主院應該保存起來作為博物館。大家全都贊成：任何動物都不得在此居住。

動物們用完早餐，雪球和拿破崙再次召集起他們。

「同志們，」雪球說道，「現在是六點半，接下來還有整整一天。今天我們開始收割牧草，不過，還有另外一件事情得先處理一下。」

豬於是透露在過去的三個月中，他們從一本舊的拼讀書本上自學了閱讀和書寫。那本書曾是瓊斯先生的孩子的，早先被扔到垃圾堆裡。拿破崙拿來幾桶黑漆和白漆，帶領大家來到朝著大路的五柵門。接著，雪球（正是他最擅長書寫）用蹄子的雙趾捏起一把刷子，塗掉了柵欄頂的木牌上的「曼納農莊」幾個字，又在那上面寫上「動物農莊」。這就是農莊以後的名字。寫完後，他們又回到圈棚那裡，雪球和拿破崙又要求拿來一架梯子，把梯子架在大穀倉的牆頭。他們解釋說，經過過去三個月的研討，他們已經成功地把動物主義的原則簡化為「七誡」，這「七誡」將要題寫在牆上，它們將成為不可更改的法律，所有動物農莊的動物都必須永遠遵循它生活。雪球很吃力地爬了上去（因為豬在梯子上保持平衡很不容易），並開始忙乎起來，尖聲仔在比他低幾格的地方端著油漆桶。在刷過柏油的牆上，用白色的大字寫著「七誡」。三十碼以外清晰可辨。它們是這樣寫的：

七誡

一、凡靠兩條腿行走者皆爲仇敵；
二、凡靠四肢行走者，或長翅膀者，皆爲吾友；
三、任何動物不得著衣；
四、任何動物不得臥床；
五、任何動物不得飲酒；
六、任何動物不得傷害其他動物；
七、所有動物一律平等。

七誡寫得十分瀟灑，除了把「吾友」寫成了「吾支」，以及其中有一處「凡」中間的點寫反了之外，全都拼寫得很正確。雪球大聲唸給別的動物聽，所有在場的動物都頻頻點頭，表示完全贊同。較爲聰明一些的動物立刻開始背誦起來。

「現在，同志們，」雪球扔下油漆刷子說道，「到牧場上去！我們要爭口氣，要比瓊斯他們一夥人更快收完牧草。」

就在這時刻，早已有好大一會兒顯得很不自在的三頭母牛發出震耳的哞哞聲。

已經二十四小時沒有幫她們擠奶了。她們的乳房快要脹破了。豬稍一尋思，要動物取來奶桶，成功地幫母牛擠了奶，他們的蹄子十分適於幹這個活。很快，就擠了五桶冒著沫的乳白色牛奶，許多動物津津有味地瞧著奶桶中的奶。

「這些牛奶可怎麼辦呢？」有一個動物問道。

「瓊斯過去常常給我們的穀糠飼料中摻一些牛奶，」有隻母雞說道。

「別理會牛奶了，同志們！」站在奶桶前的拿破崙大聲喊道，「牛奶會照看好的，收割牧草才更重要，雪球同志領你們去，我隨後就來。前進，同志們！牧草在等待著！」

於是，動物們成群結隊地走向大牧場並開始了收割。當他們晚上收工回來的時候，大家注意到：牛奶已經不見了。

3

他們割草時幹得多麼賣力！但他們勞有所獲，這次豐收比他們先前期望的還要大。

這些活有時很難幹：農具是爲人而不是爲動物設計的，沒有一個動物能擺弄那些需要靠兩條後腿站著才能使用的器械，這是一個很大的缺陷。但是，豬確實聰明，每逢遇到困難，他們都能想出排除的辦法。至於馬呢，他們對這些田地瞭如指掌，實際上，他們比瓊斯及其夥計們更精通刈草和耙地。豬其實並不幹活，而是指導和監督其他動物。他們憑著非凡的學識，很自然地承擔了領導工作。拳擊手和幸運草情願自己套上割草機或者馬拉耙機（當然，這時候根本不會用馬勒或者韁繩），邁著沉穩的步伐，堅定地一圈一圈地行進，豬在其身後跟著，根據不同情況，要嘛吆喝一聲「駕、駕，前進，同志！」，要嘛就是「捎、捎，後退，同志！」。在搬運和堆積牧草時，每個動物無不盡力服從指揮。就連鴨子和雞也整天在烈日下，辛苦地用嘴巴銜上一小撮牧草來來回回忙個不停。最後，他們完成了收穫，比瓊斯那一夥人過去幹這個活的時間提前了整整兩天！更了不起的是，這是一個農莊裡前所未有的大豐收。沒有半點遺落；雞和鴨子憑他們敏銳的眼光，竟連非常細小的草梗、草葉也沒放過。哪怕一口牧草，也沒有一個動物偷吃。

整個夏季，農莊裡的工作運行得像時鐘一樣，動物們從前也沒有想到日子竟能過得這麼快樂。每吃一口食物都是一種無比的享受，因爲這確實是他們自己的食物，自己生產，而不是吝嗇主人施捨的嗟來之食。隨著寄生的人的離去，每一個動物便有了更多的食物，也有了更多的閒暇。他們遇到過不少麻煩，比如，這年年底，收完玉米後，因爲農莊裡沒人使用打穀機和脫粒機，他們不得不用那種古老的方式，踩踩踏踏著把玉米粒弄下來，再靠嘴把秣殼吹掉。但面對困難，豬的心智和拳擊手的力大無比總能使他們順利度過難關。動物們對拳擊手讚嘆不已。即使在瓊斯時期，拳擊手就一直是個勤勞而持之以恆的好勞力，而今，他更是一個頂三個，那一雙強勁的肩膀，常常像是承擔了農莊裡所有的活計。從早到晚，他不停地拉呀推呀，總是出現在工作最艱苦的地方。他早已和一隻小公雞約好，每天早晨，小公雞在叫醒大家前半小時先叫醒他，他自願在正式上工之前先幹一些最迫切的活。無論遇到什麼困難和挫折，拳擊手的回答總是：「我要更加努力工作。」這句話也是他一直引用的座右銘。

其實，每個動物也都盡其所能，比如雞和鴨子，收穫時靠他們揀拾零落的穀粒，就積攢了五蒲式耳①的玉米。沒有誰偷吃，也沒有誰爲自己的口糧抱怨，那些過去習以爲常的爭吵、咬鬥和嫉妒也幾乎一掃而光。沒有或者說幾乎沒有動物開小差逃工。不過，倒眞有這樣的事：茉莉不太習慣早晨起來，她還有一個壞毛病，常常藉故蹄子裡卡了個石子，便丟下地裡的活，早早溜走了。貓的表現也多少與眾不同。每當有活幹的時候，大家就發現怎麼也找不到貓了。她會連續幾個小時不見蹤影，直到吃飯時，或者收工後，才若無其事地重新露面。可是她總有絕妙的理由，咕咕嚕嚕地說著，簡直眞誠得讓誰也沒法懷疑她動機良好。老班傑明，就是那頭驢，起義後似乎變化不大。他還是和在瓊斯時期一樣，慢條斯理地幹活，從不開小差，也從不志願承擔額外工作。對於起義和起義的結果，他從不表態。要是問他是否爲瓊斯的離去而感到高興，他就只說一句：「驢都長命，你們誰都沒有見過死驢呢。」面對他那神祕的回答，其他動物只好就此罷休。星期天沒有活，早餐比平時晚一個小時，早餐之後，有一項每週都要舉行的儀式，從不例外。先是升旗。這面旗是雪球以前在農具室裡找到的一塊瓊斯夫人的綠色舊桌布，上面用白漆畫了一個蹄子和犄角，每個星期天早晨在花園的旗桿上升起來。雪球解釋說，旗是綠色的，

① 蒲式耳（bushels），穀物、水果等的容量單位，在美國相當於三十五點二三八公升，在英國則等於三十六點三六八公升。

象徵綠色的英格蘭大地。而蹄子和犄角象徵著未來的動物共和國，這個共和國將在人類最終被剷除時誕生。升旗之後，所有動物列隊進入大穀倉，參加一個名為「大會議」的全體會議。在這裡將規劃出下一週的工作，提出和討論各項決議。提出議題的總是豬，別的動物知道怎樣表決，但從未能自己提出任何議題。雪球和拿破崙在討論中最為活躍。但顯而易見，他們兩個一直合不來，無論其中一個建議什麼，另一個就準會反其道而行之。甚至對已經通過的議題，比如把果園後面的小牧場留給年老體衰的動物，這樣一個實際上誰都不會反對的議題，也要圍繞著各類動物的恰當退休年齡，激烈爭論一番。大會議總是隨著〈英格蘭之獸〉的歌聲結束，下午留作娛樂時間。

豬已經把農具室留作他們的指揮部了。一到晚上，他們就在這裡，從那些在農莊主院裡拿來的書上學習打鐵、木工和其他必備的技藝。雪球自己還忙於組織其他動物加入他所謂的「動物委員會」，他樂不知疲。他為母雞設立了「產蛋委員會」，為牛設立了「潔尾社」，還設立了「野生同志再教育委員會」（這個委員會目的在於馴化老鼠和兔子），又為羊發起了「羊毛更白運動」等等。此外，還組建了一個讀寫班。總的來說，這些活動都失敗了。例如，馴化野生動物的努力幾乎立即流產。這些野生動物仍舊一如既往，要是對他們寬宏大量，他們乾脆就趁機騎到頭上來。貓參加了「再教育委員會」，很活躍了幾天。有動物看見她曾有一天在圈棚頂上和一些她搆不著的麻雀交談。她告訴麻雀說，動物現在都是同志，任何麻雀，只要他們願意，都可以到她的爪子上來，並在上面休息，但麻雀們還是對她敬而遠之。

然而，讀寫班卻相當成功。到了秋季，幾乎農莊裡所有的動物都會不同程度的讀寫了。

對豬來說，他們已經能夠十分熟練地讀寫。狗的閱讀能力也練得相當不錯，可惜他們只對讀「七誡」有興趣。山羊妙瑞比狗讀得還要好，她還常在晚上把從垃圾堆裡找來的剪報唸給其他動物聽。班傑明讀得不比任何豬遜色，但從不運用發揮他的本領。他說，據他所知，迄今爲止，還沒有什麼值得讀的東西。幸運草學會了全部字母，可就是拼不成單詞。拳擊手只能學到字母D，他會用碩大的蹄子在塵土上摹寫出A、B、C、D，然後，站在那裡，翹著耳朵，目不轉睛地盯著，而且還不時抖動一下額毛，竭盡全力地想下一個字母，可總是想不起來。有好幾次，眞的，他確實學到了E、F、G、H，但等他學會了這幾個，又總是發現他已經忘了A、B、C、D。最後，他決定滿足於頭四個字母，並堅持每天寫上一兩遍，以加強記憶。茉莉除了那六個排出她自己名字的字母Mollie外，再也不肯學點別的。她喜歡用幾根細嫩的樹枝，非常靈巧地拼湊出她的名字，然後用一兩枝鮮花裝飾一下，再繞著它們走幾圈，讚嘆一番。

農莊裡的其他動物都只學了一個字母A。另外還發現一點，那些比較遲鈍的動物，如羊、雞、鴨子等，還沒有學會熟記「七誡」。於是，雪球經過反覆思忖，宣布「七誡」實際上可以簡化爲一條準則，那就是「四條腿好，兩條腿壞」。他說，這條準則包含了動物主義的基本原則，無論是誰，一旦完全掌握了這個準則，便免除了受到人類影響的危險。禽鳥們首先表示反對，因爲他們好像也只有兩條腿，但雪球向他們證明這其實不然。

「同志們，」他說道，「禽鳥的翅膀，是一種推動行進的器官，而不是用來操作和控制的，因此，它和腿是一回事。而人的不同特點是手，那是他們作惡多端的器官。」

對這一番長篇大論，禽鳥們並沒有弄懂，但他們接受了雪球的解釋。同時，所有這類反應較慢的動物，都開始鄭重其事地記住這個新準則。「四條腿好，兩條腿壞」還題寫在大穀倉一端的牆上，位於「七誡」的上方，字體比「七誡」還要大。

羊一旦在心裡記住了這個準則之後，就愈發興致勃勃。當他們躺在地裡時，就經常咩咩地叫著：「四條腿好，兩條腿壞！四條腿好，兩條腿壞！」一叫就是幾個小時，從不覺得厭煩。

拿破崙對雪球的什麼委員會沒有半點興趣。他說，比起爲那些已經長大成形的動物做的事來說，對年輕一代的教育才更重要。趕巧，在收割後不久，傑西和藍鈴都下狗仔了，生下了九隻肥嘟嘟的小狗。這些小狗剛一斷奶，拿破崙就說他願意爲他們的教育負責，便把他們從母親身邊帶走了。他把他們帶到一間閣樓上，那間閣樓只有從農具室搭著梯子才能上去。他們處於這樣的隔離狀態中，農莊裡其他動物很快就把他們忘掉了。

不久，牛奶的神祕去向就弄清楚了。原來，它每天都被摻到豬飼料裡。這時，早結的蘋果正在成熟，果園的草坪上遍布著被風吹落的果子。動物們以爲平均分配這些果子是理所當然的。然而，有一天，發布了這樣一個指示，說是讓把所有被風吹落下來的蘋果收集起來，帶到農具室去供豬食用。對此，有些動物嘟嘟囔囔地直發牢騷，但是，這也無濟於事。所有的豬對此都完全贊同，甚至包括雪球和拿破崙在內。尖聲仔奉命對其他動物做些必要的解釋。

「同志們，」他大聲嚷道，「你們不會把我們豬這樣做看成是出於自私和特權吧？我希望你們不是。實際上，我們中有許多豬根本不喜歡牛奶和蘋果。我自己就很不喜歡。我們食用這些東西的唯一目的是要保護我們的健康。牛奶和蘋果（這一點已經被科學所證明，同志們）包含的營養對豬的健康來說是絕對必需的。我們豬是腦力勞動者。農莊的全部管理和組織工作都要依靠我們。我們夜以繼日地爲大家的幸福費盡心思。因此，正是爲了你們，我們才喝牛奶，才吃蘋果的。你們知道吧，萬一我們豬失職了，那會發生什麼事呢？瓊斯就會捲土重來！是的，瓊斯會捲土重來！眞的，同志們！」尖聲仔一邊左右蹦跳著，一邊甩動著尾巴，幾乎懇求地大喊道：「當然啦，你們沒有誰想看到瓊斯捲土重來吧？」

此時，如果說還有那麼一件事情動物們能完全肯定的話，那就是他們不願意讓瓊斯回來。當尖聲仔的見解說明了這一點以後，他們就不再有什麼可說的了。使豬保持良好健康的重要性再也清楚不過了。於是，大家不再繼續爭論，便一致同意：牛奶和被風吹落的蘋果（還有蘋果成熟後的主要收穫）應當單獨分配給豬。

4

到了那年夏末，有關動物農莊裡種種的消息，已經傳遍了半個國家。每一天，雪球和拿破崙都要放出一群鴿子，指示鴿子們混入附近農莊的動物中，告訴他們起義的事，教他們唱〈英格蘭之獸〉。

這個時期，瓊斯先生把大部分時間都泡在威靈頓雷德蘭的酒吧間了，逢人便抱怨一通他被區區畜牲攆出家園的冤屈。別的農莊主人還算同情他，但起初沒有幫他什麼忙。他們都各懷鬼胎，企圖利用瓊斯的不幸爲自己撈點好處。幸而，與動物農莊毗鄰的兩個農莊主人一直都是冤家對頭。一個叫做狐林農莊，面積不小，卻照管得很差。廣闊的田地裡盡是荒蕪的牧場和丟人現眼的樹籬。農莊主人皮金頓先生是一位隨和的鄉紳，隨著季節不同，他不是釣魚休閒，就是去打獵度日。另一個叫做平場農莊，小一點，但料理得不錯，農莊主人是佛德里克先生，一個精明而難纏的漢子，老是牽扯在官司中，落了個好斤斤計較的名聲。這兩個人向來不和，誰也不買誰的帳，即使事關他們的共同利益，他們也難以求同。

話雖如此，這一次，他們倆卻都被動物農莊的起義行動徹底嚇壞了，急不可待地防止他們自己農莊裡的動物瞭解太多這方面的消息。一開始，他們對動物們自己管理農莊的想法故作嘲笑與蔑視。他們說，整個事態兩週內就會結束。他們散布說，曼納農莊〈他們堅持稱之爲曼納農莊，而無法容忍「動物農莊」這個名字〉的畜牲總是彼此打鬥，而且快要餓死了。過了一段時間，那裡的動物顯然並沒有餓死，佛德里克和皮金頓就改了說法，開始說什麼動物農莊如今邪惡猖獗。傳說那裡的動物同類相食，用燒得通紅的馬蹄鐵互相折磨，還共同霸占他們中的雌性動物。佛德里克和皮金頓說，正是在這一點上，起義是悖於天理的。

然而，誰也沒有完全聽信這些說法。有這樣一座奇妙的農莊，在那兒人被攆走，動物們掌管自己的事務，這個小道消息繼續以各種形式流傳著。那一整年，全國的起義之波此起彼伏：一向溫馴的公牛突然變野了，羊毀壞了樹籬，糟蹋了苜宿，母牛踢翻了奶桶，獵馬不肯躍過圍欄而把背上的騎師甩到了另一邊。更有甚者，〈英格蘭之獸〉的曲子甚至歌詞已經無處不知，它以令人驚訝的速度流傳著。儘管人們故意裝作它荒唐可笑，但是，當他們聽到這支歌，便怒不可遏。他們說，他們簡直弄不明白，怎麼就連畜牲們也竟能唱這樣無恥的下流小調。那些因爲唱這支歌而被捕的動物，當場就會被責以鞭笞。可是這支歌還是壓抑不住的，烏鴉在樹籬上囀鳴著唱它，鴿子在榆樹上咕咕著唱它，歌聲滲進鐵匠鋪的喧聲，滲進教堂的鐘聲。人一聽見這些就像聽見他們自己將面臨的末日預言，他們不禁暗自發抖。

從雪球那裡發出一聲尖叫，這是退兵的信號，所有的動物轉身從門口退回院子內。

那些人發出得意的呼叫，正像他們所想像的那樣，他們看到仇敵們潰不成軍，於是就毫無秩序地追擊著。這正是雪球所期望的。等他們完全進入院子後，埋伏在牛棚裡的三匹馬、三頭牛以及其餘的豬，突然出現在他們身後，切斷了他們的退路。這時，雪球發出了進攻的信號，他自己逕自向瓊斯衝擊，瓊斯看見他衝過來，舉槍就射，彈粒擦過雪球背部，劃下了一道血痕，一隻羊中彈身亡。說時遲，那時快，雪球憑他那二百多磅體重，猛地撲向瓊斯的腿，瓊斯一下子被推到糞堆上，槍也從手中甩了出去。而最爲驚心動魄的情景還在拳擊手那兒，他就像一匹沒有閹割的種馬，竟靠後腿直立起來，用他那釘著鐵掌的巨大蹄子猛打一氣，第一下就擊中了一個狐林農莊馬夫的腦殼，打得他倒在泥坑裡斷了氣。看到這個情形，幾個人扔掉棍子就要跑。他們慌了，就在所有動物的追逐下，繞著院子到處亂跑。他們不是被牴，就是被踢；不是被咬，就是被踩。農莊裡的動物無不以各自不同的方式向他們復仇。就連那隻貓也突然從房頂跳到一個放牛人的肩上，用爪子掐進他的脖子裡，疼得他大喊大叫。趁著門口沒有擋道的機會，這夥人才喜出望外地奪路衝出院子，迅速逃到大路上。一路上又有鵝在啄著他們的腿肚子，噓噓地轟趕他們。就這樣，他們這次侵襲，在五分鐘之內，又從進來的路上灰溜溜地敗逃了。

除了一個人之外，這幫人全都跑了。回到院子裡，拳擊手用蹄子扒拉一下那個臉朝下趴在地上的馬夫，試圖把他翻過來，這傢伙一動也不動。

「他死了，」拳擊手難過地說，「我本來不想這樣做，我忘了我還釘著鐵掌呢，誰能相信我這是無意的呢？」

「不要多愁善感，同志！」傷口還在滴滴答答流血的雪球大聲說道：「打仗就是打仗，只有死了的人才是好樣的。」

「我不想殺生，即使對人也不，」拳擊手重複道，兩眼還含著淚珠。

不知是誰大聲喊道：「茉莉哪兒去了？」

茉莉確實失蹤了。大家感到一陣驚慌，他們擔心人類設了什麼計傷害了她，更擔心人把她搶走了。結果，卻發現她正躲在她的廄棚裡，頭還鑽在飼料槽的草中。她在槍響的時候就逃跑了。後來又發現，那個馬夫只不過是昏過去了，就在他們尋找茉莉時，馬夫甦醒過來，趁機溜掉了。

這時，動物們在無比的喜悅之中又重新集合起來，每一位都扯著嗓子把自己在戰鬥中的功勞表白一番。當下，他們立即舉行了一個即興的慶功儀式。農莊的旗幟升上去了，〈英格蘭之獸〉唱了許多遍。接著又爲那隻被殺害的羊舉行了隆重的葬禮，還爲她在墓地上種了一棵山楂樹。雪球在墓前作了一個簡短的演說，他強調，如果需要的話，每個動物都當準備爲動物農莊犧牲。

動物們一致決定設立一個「一級動物英雄」軍功勳章，這一稱號就地立即授予雪球和拳擊手。並有一枚銅質獎章（那是在農具室裡發現的一些舊的、貨眞價實的黃銅製作的），可以在星期天和節日裡佩戴。還有一枚「二級動物英雄」勳章，這一稱號追認給那隻死去的羊。

關於對這次戰鬥如何稱謂的事，他們討論來，討論去，最後決定命名爲「牛棚大戰」，因爲伏擊就是在那兒發起的。他們還把瓊斯先生那支掉在泥坑裡的槍找到了，又在農莊主院裡發現了貯存的子彈。於是決定把槍架在旗桿腳下，像一門大砲一樣，並在每年鳴槍兩次，一次在十月十二日的「牛棚大戰」紀念日，一次在施洗約翰節，也就是起義紀念日。

5

冬天快要到了，茉莉變得愈來愈惹人厭。她每天早上幹活總要遲到，不是開脫說她睡過頭了，就是抱怨有一些不可思議的病痛，不過，她的食慾卻很旺盛。她會找出種種藉口逃避幹活，溜到飲水池邊，呆呆地站在那兒，凝視著她在水中的倒影。但還有一些傳聞，說起來比這還要嚴重。有一天，當茉莉邊晃悠著她的長尾巴，邊嚼著一根草梗，樂悠悠地閒逛到院子裡時，幸運草把她拉到一旁。

「茉莉，」她說，「我有件非常要緊的事要對你說，今天早晨，我看見你在查看那段隔開動物農莊和狐林農莊的樹籬時，有一個皮金頓先生的夥計正站在樹籬的另一邊。儘管我離得很遠，但我敢肯定我看見他在對你說話，你還讓他摸你的鼻子。這是怎麼回事，茉莉？」

「他沒摸！我沒讓！這不是眞的！」茉莉大聲嚷著，抬起前蹄子搔著地。

「茉莉！看著我，你能向我發誓，那人不是在摸你的鼻子？」

「這不是眞的！」茉莉重複道，卻不敢正視幸運草。然後，她朝著田野那邊飛奔而去。

幸運草心中閃過一個念頭。沒有向誰打聲招呼，她就跑到茉莉的廄棚裡，用蹄子翻開一堆草。草下竟藏著一小堆方糖和幾條不同顏色的緞帶。

三天後，茉莉不見了，好幾個星期下落不明。後來鴿子報告說他們曾在威靈頓見到過她，當時，她正在駕一輛單駕馬車，那輛車很時髦，漆得有紅有黑，停在一個客棧外面。有個臉龐紅潤的胖子，身穿方格子馬褲和高統靴，像是客棧老板，邊撫摸著她的鼻子，邊餵她吃糖。她的毛髮修剪一新，額毛上還佩戴著一條鮮紅的緞帶。鴿子說，她顯得自鳴得意。從此以後，動物們再也不提她了。

一月份，天氣極其惡劣。田地好像鐵板一樣，什麼活都幹不成。倒是在大穀倉裡召開了很多會議，豬忙於籌劃下一季的工作。他們明顯比其他動物聰明，也就自然而然地該決定農莊裡所有的大政方針，儘管他們的決策還得通過大多數表決同意後才有效。本來，要是雪球和拿破崙相互之間不鬧彆扭，整個程序會進行得很順利。可是在每一個論點上，只要一有可能，他們倆便要抬槓。如果其中一個建議用更多地方播種大麥，另一個則肯定要求用更多地方播種燕麥；如果一個說某某地方最適宜種捲心菜，另一個就會聲稱那裡非種薯類不可，不然就是廢地一塊。他們倆都有自己的追隨者，相互之間還有一些激烈的爭辯。在大會議上，雪球能言善辯，令絕大多數動物心悅誠服。而拿破崙更擅長在會議休息時爲爭取到支持遊說拉票。

在羊那兒，他尤其成功。後來，不管適時不適時，羊都在咩咩地叫著「四條腿好，兩條腿壞」，並經常藉此來搗亂大會議。而且，大家注意到，愈是雪球的講演講到關鍵處，他們就愈有可能插進「四條腿好，兩條腿壞」的咩咩聲。雪球曾在農莊主院裡找到一些過期的《農場主人和畜牧業者》雜誌，並對此做過深入的研究，裝了滿腦子的革新和發明設想。他談起什麼農田排水、什麼飼料保鮮、什麼鹹性爐渣，學究氣十足。他還設計出一個複雜的系統，可以把動物每天在不同地方拉的糞便直接通到地裡，以節省運送的勞力。拿破崙自己無所貢獻，卻拐彎抹角地說雪球的這些東西最終究會是一場空，一副要走著瞧的樣子。但是在他們所有的爭吵中最爲激烈的，莫過於關於風車一事的爭辯。

在狹長的大牧場上，離農莊裡的窩棚不遠處，有一座小山丘，那是農莊裡的制高點。雪球勘察過之後，宣布說那裡是建造風車最合適的地方。這風車可用來帶動發電機，從而可爲農莊提供電力。也就可以在窩棚裡用上電燈並在冬天取暖，還可以帶動圓鋸、鍘草機、切片機和電動擠奶機。動物們以前還從未聽說過任何這類事情（因爲這是一座老式的農莊，只有一台非常原始的機器）。當雪球繪聲繪影地描述著那些奇妙的機器的情景時，說那些機器可以在他們悠閒地在地裡吃草時，在他們修養心性而讀書或聊天時爲他們幹活，動物們都聽呆了。

不出幾個星期，雪球爲風車作的設計方案就全部擬訂好了。機械方面的詳細資料大多取自於《對起居室要做的一千件益事》、《瓦工DIY》和《電學入門》三本書，這三本書原來也是瓊斯先生的。雪球把一間小棚當作他的工作室，那間小棚曾是孵卵棚，裡面鋪著光滑的木製地板，地板上適宜於畫圖。他在那裡閉門不出，一幹就是幾個小時。他把打開的書用石塊壓著，蹄子的兩趾間夾著一截粉筆，俐落地來回走動，一邊發出帶點興奮的哼哧聲，一邊畫著一道接一道的線條。漸漸地，設計圖深入到有大量曲柄和齒輪的複雜部分，圖面覆蓋了大半個地板，這在其他動物看來簡直太深奧了，但覺得挺好玩。他們每天至少要來一次，看看雪球作圖。就連雞和鴨子也來，而且爲了不踩踏粉筆線還格外小心謹愼。唯獨拿破崙迴避著。一開始，他就聲言反對風車。然而有一天，出乎意料，他也來檢查設計圖了。他沉悶不語地在棚子裡繞來繞去，仔細查看設計圖上的每一處細節，偶爾還衝著它們從鼻子裡哼哼一兩聲，然後也斜著眼睛，站在一旁往圖上打量一陣子，突然，他抬起腿來，對著圖撒了一泡尿，接著一聲不吭，揚長而去。

整個農莊在風車一事上截然地分裂開了。雪球毫不否認修建它是一項繁重的事業，需要採石並築成牆，還得製造葉片，另外還需要發電機和電纜（至於這些如何實現，雪球當時沒說）。但他堅持認爲這項工程可在一年內完成。而且還宣稱，建成之後將會因此節省大量的勞力，使得動物們每週只需要幹三天活。另一方面，拿破崙卻爭辯說，當前最急需的是增加食料生產，而如果他們在風車上浪費時間，他們全都會餓死的。在「擁護雪球和每週三日工作制」和「擁護拿破崙和食料滿槽制」的不同口號下，動物們形成了兩派，班傑明是唯一一個兩邊都不沾的動物。他既不相信什麼食料會更充足，也不相信什麼風車會節省勞力。他說，有沒有風車無所謂，生活會繼續下去的，一如既往，也就是說總有不足之處。

除了風車爭執之外，還有一個關於農莊的防禦問題。儘管人在牛棚大戰中被擊潰了，但他們爲奪回農莊並使瓊斯先生復辟，會發動一次更兇狠的進犯，這是千眞萬確的事。進一步說，因爲他們受到挫敗的消息已經傳遍了整個國家，使得附近農莊裡的動物比以前更難駕馭，他們也就更有理由這樣做了。可是雪球和拿破崙照例又發生了分歧。根據拿破崙的意見，動物們的當務之急是設法武裝起來，並自我訓練使用武器。按照雪球的說法，他們應該放出愈來愈多的鴿子，到其他農莊的動物中煽動起義。一個說如不自衛就無異於坐以待斃；另一個則說如果起義四起，他們斷無自衛的必要。動物們先聽了拿破崙的，又聽了雪球的，竟不能確定誰是誰非。實際上，他們總是發現，講話的是誰，他們就會同意誰的。

終於熬到了這一天，雪球的設計圖完成了。在緊接著的星期天大會議上，是否開工建造風車的議題將要付諸表決，當動物們在大穀倉裡集合完畢，雪球站了起來，儘管不時被羊的咩咩聲打斷，他還是提出了他熱中於建造風車的緣由。接著，拿破崙站起來反駁，他非常隱諱地說風車是瞎折騰，勸告大家不要支持它，就又猛地坐了下去。他僅僅講了不到半分鐘，似乎顯得有點說不說都一個樣。這時，雪球跳了起來，喝住了又要咩咩亂叫的羊，慷慨陳詞，呼籲大家對風車給予支持。在這之前，動物們因各有所好，基本上是平均地分成兩派，但在頃刻之間，雪球的雄辯口才就說得他們服服貼貼。他用熱烈的語言，描述著當動物們擺脫了沉重的勞動時動物農莊的景象。他的設想此時早已遠遠超出了鍘草機和切蘿蔔機。他說，電能帶動脫粒機、犁、耙、輾子、收割機和捆紮機，除此之外，還能給每一個窩棚裡提供電燈、熱水或冷水，以及電爐等等。他講演完後，表決會何去何從已經很明顯了。就在這個關頭，拿破崙站起來，怪模怪樣地瞥了雪球一眼，打了一聲尖細的口哨，以前沒有一個動物聽到他打過這樣的口哨聲。

這時，從外面傳來一陣兇狠的汪汪叫聲，緊接著，九條強壯、戴著鑲有青銅飾釘項圈的狗，跳進大穀倉裡來，逕直撲向雪球。就在雪球要被咬上的最後一刻，他才跳起來，一下跑到門外，於是狗就在後面追。動物們都嚇呆了，個個張口結舌。他們擠到門外注視著這場追逐。雪球飛奔著穿過通向大路的牧場，他使出渾身解數拚命地跑著。而狗已經接近他的後蹄子。突然間，他滑倒了，眼看著就要被他們逮住。可是他又重新起來，跑得更快了。狗又一次趕上去，其中一條狗幾乎就要咬住雪球的尾巴了，幸而雪球及時甩開了尾巴。接著他又一個衝刺，和狗不過一步之差，從樹籬中的一個缺口躥了出去，再也看不到了。

動物們驚愕地爬回大穀倉。不一會兒，那些狗又汪汪地叫著跑回來。剛開始，動物們都想不出這些傢伙是從哪兒來的，但疑問很快就弄明白了：他們正是早先被拿破崙從他們的母親身邊帶走的那些狗崽子，被拿破崙偷偷地養著。他們儘管還沒有完全長大，但個頭都不小，看上去兇得像狼。大家都注意到，他們始終緊挨著拿破崙，對他搖著尾巴。那姿勢，竟和別的狗過去對瓊斯先生的作法一模一樣。

這時，拿破崙在狗的尾隨下，登上那個當年少校發表演講的高台，並宣布，從今以後，星期天早晨的大會議就此告終。他說，那些會議毫無必要，又浪費時間。

此後一切有關農莊工作的議題，將由一個由豬組成的特別委員會定奪，這個委員會由他親自統管。他們將在私下碰頭，然後把有關決策傳達給其他動物。但動物們仍要在星期天早晨集合，向農莊的旗幟致敬，唱〈英格蘭之獸〉，並接受下一週的工作任務。但再也不搞什麼辯論了。

本來，雪球被逐已經對他們刺激不小了，但他們更爲這個通告感到驚愕。有幾個動物想要抗議，可惜卻找不到合適的辯詞。甚至拳擊手也感到茫然不解，他支起耳朵，抖動幾下額毛，費力地想理出個頭緒，結果沒想出任何可說的話。然而，有些豬倒十分清醒，四隻在前排的小肉豬不以爲然地尖聲叫著，當即都跳起來準備發言。但突然間，圍坐在拿破崙身旁的那群狗發出一陣陰森恐怖的咆哮，於是，他們便沉默不語地重新坐了下去。接著，羊又聲音響亮地咩咩叫起「四條腿好，兩條腿壞！」一直持續了一刻鐘，任何可能討論的機會因此而泡湯了。

後來，尖聲仔受命在農莊裡兜了一圈，就這個新的安排向動物作一解釋。

「同志們，」他說，「我希望每一位在這兒的動物，會對拿破崙同志爲承擔這些額外的勞動所做的犧牲而感激。同志們，不要以爲當領導是一種享受！恰恰相反，它是一項艱深而繁重的職責。沒有誰能比拿破崙同志更堅信所有動物一律平等。他也確實很想讓大家自己為自己作主。可是，萬一你們失策了，那麼同志們，我們會怎樣呢？要是你們決定按雪球的風車夢想跟從了他，會怎樣呢？雪球這傢伙，就我們現在所知，不比一個壞蛋強多少。」

「他在牛棚大戰中作戰很勇敢。」有個動物說了一句。

「勇敢是不夠的，」尖聲仔說，「忠誠和服從更為重要。就牛棚大戰而言，我相信我們最終會有一天發現雪球的作用被膨脹得太大了。紀律，同志們，鐵的紀律！這是我們今天的口號。一步走錯，我們的仇敵便會來顛覆我們。同志們，你們肯定不想讓瓊斯回來吧？」

這番論證同樣是無可辯駁的。毫無疑問，動物們害怕瓊斯回來；如果星期天早晨召集的辯論有導致他回來的可能，那麼辯論就應該停止。拳擊手細細琢磨了好一陣子，說了句「如果這是拿破崙同志說的，那就一定沒錯」，以此來表達他的整個感受。並且從此以後，他又用「拿破崙同志永遠正確」這句格言，作為對他個人的座右銘「我要更加努力工作」的補充。

到了天氣變暖，春耕已經開始的時候。那間雪球用來畫風車設計圖的小棚還一直封著，大家想像著那些設計圖早已從地板上擦掉了。每星期天早晨十點鐘，動物們聚集在大穀倉，接受他們下一週的工作任務。如今，老少校的那個風乾了肉的顱骨，也已經從果園腳下挖了出來，架在旗桿下的一個木墩上，位於槍的一側。升旗之後，動物們要按規定畢恭畢敬地列隊經過那個顱骨，然後才走進大穀倉。近來，他們還沒有像早先那樣全坐在一起過。拿破崙同尖聲仔和另一個叫梅尼繆斯的豬，一起坐在前台。這個梅尼繆斯具有非凡的天賦，善於譜曲作詩。九條年輕的狗圍著他們成半圓形坐著。其他豬坐在後台。別的動物面對著他們坐在大穀倉中間。拿破崙用一種粗暴的軍人風格，宣讀對下一週的安排，隨後只唱了一遍〈英格蘭之獸〉，所有的動物就解散了。

雪球被逐之後的第三個星期天，拿破崙宣布要建造風車，動物們聽到這個消息，終究有些吃驚。而拿破崙沒有爲改變主意講述任何理由，只是簡單地告誡動物們，那項額外的任務將意味著非常艱苦的勞動：也許有必要縮減他們的食料。然而，設計圖已全部籌備好，並已進入最後的細節部分。過去三週，一個由豬組成的特別委員會爲此一直工作著。風車的修建，加上其他各式各樣的改進，預期要兩年時間。

當天晚上，尖聲仔私下對其他動物解釋說，拿破崙從來沒有眞正反對過風車。

相反，正是由他最初做的提議。那個雪球畫在孵卵棚地板上的設計圖，實際上是他早先從拿破崙的筆記中剽竊的。事實上，風車是拿破崙自己的創造。於是，有的動物問道，爲什麼他曾說風車的壞話說得那麼厲害？在這一點上，尖聲仔顯得非常圓滑。他說，這是拿破崙同志的老練，他假裝反對風車，那只是一個計謀，目的在於驅除雪球這個隱患、這個壞東西。既然現在雪球已經溜掉了，計劃也就能在沒有雪球妨礙的情況下順利進行了。尖聲仔說，這就是所謂的策略，他重複了好幾遍「策略，同志們，策略！」，還一邊帶著得意的笑聲，一邊甩動著尾巴，活蹦亂跳。動物們摸不準這些話的含意，可是尖聲仔講得如此富有說服力，加上湊巧有三條狗和他在一起，又是那樣氣勢洶洶地狂叫著，因而他們沒有再問什麼，就接受了他的解釋。

6

那一年，動物們幹起活來就像奴隸一樣。但他們樂在其中，不遺餘力，也不怕犧牲，因爲他們深深地意識到：他們幹的每件事都是爲他們自己和未來的同類的利益，而不是爲了那幫遊手好閒、偷摸成性的人類。

從初春到夏末這段時間裡，他們每週工作六十個小時。到了八月，拿破崙又宣布，星期天下午也要安排工作。這項工作完全是自願性質，不過，無論哪個動物缺勤，他的口糧就要減去一半。即使這樣，大家還是發覺，有些活就是幹不完。收穫比去年要差一些，而且，因爲耕作沒有及早完成，本來應該在初夏播種薯類作物的兩塊地也沒種成。可以預見，來冬將是一個艱難的季節。

風車的事引起了意外的難題。按說，農莊裡就有一個質地很好的石灰石礦，又在一間小屋裡發現了大量的沙子和水泥，這樣，所有的建築材料都已齊備。但問題是，動物們剛開始不知道如何才能把石頭弄碎到適用的規格。除了動用十字鎬和鐵鍬，似乎沒有別的辦法。可是，動物們都不能用後腿站立，也就無法使用十字鎬和鐵鍬。在徒勞了幾個星期之後，才有動物想出了一個好主意，就是利用重力的作用。整個採石場上到處都是那些巨大的圓石，大得無法直接利用。於是，動物們用繩子綁住石頭，然後，由牛、馬、羊以及所有能抓住繩子的動物合在一起——甚至豬有時也在關鍵時刻搭個幫手——一齊拖著石頭，慢慢地、慢慢地沿著坡拖到礦頂。到了那兒，把石頭從邊上推下去，在底下就摔成了碎塊。這樣一來，運送的事倒顯得相對簡單些了。馬駕著滿載的貨車運送，羊則一塊一塊地拖，就連妙瑞和班傑明也套上一輛舊車，各盡其職。這樣到了夏末，石頭便積累夠了，接著，在豬的監督下，工程就破土動工了。

但是，整個採石過程在當時卻進展緩慢，歷盡艱辛。把一塊圓石拖到礦頂，常常要竭盡全力幹整整一天，有些時候，石頭從崖上推下去了，卻沒有摔碎。要是沒有拳擊手，沒有他那幾乎能與所有其他動物合在一起相匹敵的力氣，恐怕什麼事都幹不成。每逢動物們發現石塊開始往下滑，他們自己正被拖下山坡而絕望地哭喊時，總是多虧拳擊手拉住了繩索才穩了下來。看著他蹄子尖緊扣著地面，一英寸一英寸吃力地爬著坡；看著他呼吸急促，巨大的身軀浸透了汗水，動物們無不滿懷欽佩和讚嘆。幸運草常常告誡他小心點，不要勞累過度了，他哪裡能聽進去。對他來說，「我要更加努力工作」和「拿破崙同志永遠正確」這兩句口頭禪足以回答所有的難題。他已同那隻小公雞商量好了，把原來每天早晨提前半小時叫醒他，改為提前三刻鐘。同時，儘管近來閒暇時間並不多，但他仍要在空閒時間裡，獨自到採石場去，在沒有任何幫手的情況下，裝上一車碎石，拖去倒在風車的地基裡。

這年夏季，儘管動物們工作得十分辛苦，他們的境況還不算太壞，雖然他們得到的飼料不比瓊斯時期多，但至少也不比那時少。除了自己食用以外，動物們並不必去供養那五個驕奢淫逸的人，這個優越性太顯著了，它足以使許多不足之處顯得微不足道。另外，動物們幹活的方式，在許多情況下，不但效率高而且省力。比如鋤草這類活，動物們可以幹得完美無缺，而對人來說，這一點遠遠做不到。再說，如今的動物們都不偷不摸了，也就不必用籬笆把牧場和田地隔開，因此便省去了大量維護籬笆和柵欄的勞力。話雖如此，過了夏季，各種各樣意料不到的缺欠就暴露出來了。農莊裡需要煤油、釘子、線繩、狗食餅乾以及馬蹄上釘的鐵掌等等，但農莊裡又不出產這些東西。後來，又需要種子和人造肥料，還有各類工具以及風車用的機械。可是，如何搞到這些東西，動物們就都想像不出了。

一個星期天早晨，當動物們集合起來接受任務時，拿破崙宣布，他已決定了一項新政策。說是往後動物農莊將要同鄰近的農莊作些交易，這當然不是爲了任何商業目的，而是僅僅爲了獲得某些亟需的物資。他說，建造風車的需要高於一切。因此，他正在準備出賣一堆乾草和當年的部分小麥收成，而且，再往後如果需要更多的錢的話，就得靠賣雞蛋來補充了，因爲雞蛋在威靈頓總是有銷路的。拿破崙還說，雞應該高興地看到，這一犧牲就是他們對建造風車的特殊貢獻。

動物們再一次感到一種說不出的彆扭。絕不和人打交道，絕不從事交易，絕不使用錢，這些最早就有的誓言，在瓊斯被逐後的第一次大會議上，不就已經確立了嗎？訂立這些誓言的情形至今都還歷歷在目；或者至少他們自以爲還記得有這回事。那四隻曾在拿破崙宣布廢除大會議時提出抗議的幼豬膽怯地發言了，但在狗那可怕的咆哮聲下，很快又不吭聲了。接著，羊又照例咩咩地叫起「四條腿好，兩條腿壞！」，一時間的難堪局面也就順利地應付過去了。最後，拿破崙抬起前蹄，平靜一下氣氛，宣布說他已經做好了全部安排，任何動物都不必介入和人打交道這種明顯最爲討厭的事情中。而他有意把全部重擔放在自己肩上。一個住在威靈頓的叫溫普爾先生的律師，已經同意擔當動物農莊和外界社會的仲介，並且將在每個星期一早晨來訪以接受任務。最後，拿破崙照例大喊一聲「動物農莊萬歲！」，就結束了整個講話。接著，動物們在唱完〈英格蘭之獸〉後，紛紛散場離去。

後來，尖聲仔在農莊裡轉了一圈，才使動物們安下心來。他向他們打包票說，反對從事交易和用錢的誓約從來不曾通過，搞不好連提議都不曾有過。這純粹是臆想，追溯其根源，很可能是雪球散布的一個謊言。對此，一些動物還是半信半疑，尖聲仔就狡黠地問他們：「你們敢肯定這不是你們夢到的一些事嗎？同志們！你們有任何關於這個誓約的紀錄嗎？它寫在哪兒了？」自然，這類東西從沒有見諸文字。因此，動物們便相信是他們自己搞錯了。

溫普爾是個律師，長著絡腮鬍子，矮個兒，看上去一臉奸詐相。他經辦的業務規模很小，但他卻精明過人，早就看出了動物農莊會需要經紀人，同時佣金也會很可觀。按協議，每個星期一溫普爾都要來農莊一趟。動物們看著他來來去去，猶有幾分畏懼，避之唯恐不及。不過，在他們這些四條腿的動物看來，拿破崙向靠兩條腿站著的溫普爾發號施令的情景，激發了他們的自豪，這在一定程度上也讓他們感到這個新協議是順心的。現在，他們同人類的關係確是今非昔比了。但是，人對動物農莊的嫉恨，不但沒有因爲它的興旺而有所消解，反而恨之彌深。而且每個人都懷著這樣一個信條：動物農莊遲早要破產，關鍵是，那個風車將是一堆廢墟。他們在小酒店聚會，相互用圖表論證說風車注定要倒坍；或者說，即便它能建成，那也永遠運轉不起來云云。雖然如此，他們對動物們管理自己農莊的能力，也不禁刮目相看了。其中一個跡象就是，他們在稱呼動物農莊時，不再故意叫它曼納農莊，而開始用動物農莊這個名正言順的名稱。他們放棄了對瓊斯的支持，而瓊斯自己也已萬念俱焚，不再對重主他的農莊抱持希望，並且已經移居到英格蘭的另一個地方了。如今，多虧了這個溫普爾，動物農莊才得以和外界接觸，但是不斷有小道消息說，拿破崙正準備同狐林的皮金頓先生，或者是平場的佛德里克先生簽訂一項明確的商業協議，不過還提到，這個協議永遠不會同時和兩家簽訂。

大概就在這個時候，豬突然搬進了農莊主院，並且住在那裡了。這下子，動物們又似乎想起了，有一條早先就立下的誓願是反對這樣做的。可是尖聲仔又教他們認識到，事實並非如此。他說，豬是農莊的首腦，應該有一個安靜的工作場所，這一點絕對必要。再說，對領袖（近來他在談到拿破崙時，已經開始用「領袖」這一尊稱）的尊嚴來說，住在房屋裡要比住在純粹的豬圈裡更相稱一些。儘管這樣，一聽到豬不但在廚房裡用餐，把客廳當作娛樂室，而且還睡在床上，還是有一些動物爲此深感不安。拳擊手倒是滿不在乎，照例說了一句：「拿破崙同志永遠是對的。」但是幸運草卻認爲，她記得有一條反對床鋪的戒律，她跑到大穀倉那裡，試圖從題寫在那兒的「七誡」中找出答案。結果發現她自己連單一字母都認不過來。她便找來妙瑞。

「妙瑞，」她說道，「你幫我唸一下第四條戒律，它是不是說絕不睡在床上什麼的？」

妙瑞好不容易才拼讀了出來。

「它說，『任何動物不得臥床鋪蓋被褥』。」她終於唸道。

幸運草覺得太突兀了，她從不記得第四條戒律提到過被褥，可是它既然就寫在牆上，那它一定本來就是這樣。趕巧這時候，尖聲仔在兩三條狗的陪伴下路過這兒，他能從恰當的角度來說明整個問題。

「那麼，同志們，你們已經聽到我們豬現在睡到農莊主院床上的事了？爲什麼不呢？你們不想想，眞的有過什麼戒律反對床嗎？床只不過是指一個睡覺的地方。如果正確看待的話，窩棚裡的稻草堆就是一張床。這條戒律是反對被褥的，因爲被褥是人類發明的。我們已經撤掉了農莊主院床上的被褥，並且睡在毯子裡。它們也是多麼舒適的床啊！可是同志們，我可以告訴你們，現在所有的腦力工作得靠我們來做，和我們所需要的程度相比，這些東西並不見得舒服多少。同志們，你們不會不讓我們休息吧？你們不願意使我們過於勞累而失職吧？肯定你們誰都不願意看到瓊斯回來吧？」

在這一點上，動物們立刻就確認肯定了他的看法，也不再說什麼關於豬睡在農莊主院床上的事了。而且數日之後，當宣布說，往後豬的起床時間要比其他動物晚一小時，也沒有誰對此抱怨。

直到秋天，動物們都挺累的，卻也愉快。說起來，他們已經在艱難中熬過整整一年了，而且在賣了部分乾草和玉米之後，準備過冬的飼料根本不夠用了，但是，風車補償了這一切，它這時差不多已建到一半。秋收以後，天氣一直晴朗無雨，動物們幹起活來比以前更勤快了。他們整天拖著石塊，辛勞地來回奔忙。他們想著，這樣一來，便能在一天之內把牆又加高一英尺了，所以多麼富有意義啊！拳擊手甚至連夜間也要出來，藉著月光工作上一兩個小時。動物們則樂於在工餘時間繞著進行了一半的工程走來走去，對那牆壁的堅固和筆直讚嘆一番。並爲他們竟能修建如此了不起的工程而感到驚喜。唯獨老班傑明對風車毫無熱情，他如同往常一樣，除了說驢都長壽這句神乎其神的話之外，就再也無所表示了。

十一月到了，颳來了猛烈的西南風。這時常常是雨天，沒法和水泥，建造工程不得不中斷。後來有一個夜晚，狂風大作，整個農莊裡的窩棚從地基上都被搖撼了，大穀倉頂棚的一些瓦片也颳掉了。雞群在恐懼中嘎嘎亂叫著醒來，因爲他們在睡夢中同時聽見遠處在打槍。早晨，動物們走出窩棚，發現旗桿已被風吹倒，果園邊上的一棵榆樹也像蘿蔔一樣被連根拔起。就在這個時候，所有的動物喉嚨裡突然爆發出一陣絕望的哀號。一幅可怕的景象呈現在他們面前：風車毀了。

他們不約而同地衝向工地。很少外出散步的拿破崙，率先跑在最前頭。是的，他們的全部奮鬥成果癱在那兒，全部夷爲平地了，他們好不容易弄碎又拉來的石頭四下散亂著。動物們心酸地凝視著倒坍下來的碎石塊，一下子說不出話來。拿破崙默默地來回踱著步，偶爾在地面上聞一聞，他的尾巴變得僵硬，還忽左忽右急遽地抽動，對他來說，這是緊張思維活動的表現。突然，他不動了，似乎心裡已有了主意。

「同志們，」他平靜地說，「你們知道這是誰做的孽嗎？那個昨晚來毀了我們風車的仇敵你們認識嗎？雪球！」他突然用雷鳴般的嗓音吼道：「這是雪球幹的！這個叛徒用心何其毒也，他摸黑爬到這兒，毀了我們近一年的勞動成果。他企圖藉此阻撓我們的計劃，並爲他可恥的被逐報復。同志們，此時此刻，我宣布判處雪球死刑。依法懲處他的動物將獲得『二級動物英雄』勳章和半蒲式耳蘋果，誰能活捉他，誰就能得到整整一蒲式耳的蘋果。」

動物們得知雪球竟能犯下如此罪行，無不感到十分憤慨。於是，他們在一陣怒吼之後，就開始想像如何在雪球再回來時捉住他。差不多就在同時，在離小山丘不遠的草地上，發現了豬蹄印。那些蹄印只能跟蹤出幾步遠，但看上去是朝著樹籬缺口方向的。拿破崙對著蹄印仔細地嗅了一會兒，便一口咬定那蹄印是雪球的，他自己認爲雪球很有可能是從狐林農莊方向來的。

「不要再遲疑了，同志們！」拿破崙在查看了蹄印後說道：「還有工作要幹，我們正是要從今天早晨起，開始重建風車，而且過了這個冬天，我們就要把它建成，風雨無阻。我們要讓這個卑鄙的叛徒知道，他不能就這樣輕而易舉地破壞我們的工作。記住，同志們，我們的計劃不會有任何變更，要一絲不苟地執行下去。前進，同志們！風車萬歲！動物農莊萬歲！」

7

那是一個苦不堪言的冬天。狂風暴雨的天氣剛剛過去，就下起了雨夾雪，接著又是大雪紛飛。然後，嚴寒來了，冰天凍地，一直持續到二月。動物們都全力以赴地趕建風車，因爲他們都十分清楚：外界正在注視著他們，如果風車不能及時重新建成，那些妒火中燒的人類便會爲此幸災樂禍。

那些人不懷好意，佯稱他們不相信風車會是雪球毀壞的。他們說，風車之所以倒塌，純粹是因爲牆座太薄。但動物們認爲事實並非如此。不過，他們還是決定這一次要把牆築到三英尺厚，而不是上一次的一英尺半。這就意味著得採集更多的石頭。但採石場上好長時間積雪成堆，什麼事也做不成。後來，嚴冬的天氣變得乾燥了，倒是幹了些活，不過那卻是一項艱辛的勞動，動物們再也不像先前那樣滿懷希望、信心十足。他們一直感到寒冷，又常常覺得飢餓。只有拳擊手和幸運草從不氣餒。尖聲仔則時不時來一段關於勞動的樂趣以及勞工神聖之類的精彩演講，但使其他動物更受鼓舞的，卻是來自拳擊手的踏實肯幹和他總是掛在嘴邊的口頭禪：「我要更加努力工作。」

一月份，食物就開始短缺。穀類飼料急遽減少，有通知說要發給額外的馬鈴薯來彌補。可是隨後發現，由於地窖上面蓋得不夠厚，絕大部分馬鈴薯都已受凍而發軟變壞了，只有很少數還可以吃。這段時間裡，動物們已經有好些天除了吃穀糠和蘿蔔外，再也沒有別的可吃了，他們差不多面臨著飢荒。

對外遮掩這一實情是非常必要的。風車的倒塌已經助長了人的氣焰，他們便捏造出有關動物農莊的新謊言。這一次，又有謠傳說這裡所有的動物都正在飢荒和瘟疫中垂死掙扎，而且說他們內部不斷自相殘殺，已經到了以同類相食和呑食幼仔度日的地步。拿破崙清楚地意識到飼料短缺的眞相被外界知道後的嚴重後果，因而決意利用溫普爾先生散布一些相反的言論。本來，到目前爲止，對溫普爾的每週一次來訪，動物們還幾乎與他沒有什麼接觸。可是這一次，他們卻挑選了一些動物，大都是羊，要他們在溫普爾聽得到的地方，裝作是在無意的聊天中談論有關飼料糧食增加的事。不僅如此，拿破崙又下令將儲藏棚裡那些幾乎完全空空如也的大箱裝滿沙子，然後把剩下來的飼料糧食蓋在上面。隨後找個適當的藉口，把溫普爾領到儲藏棚，讓他瞥上一眼。溫普爾被矇過去了，就不斷在外界報告說，動物農莊根本不缺飼料云云。

然而，快到一月底的時候，最重要的問題發生了：非得從某個地方弄到些額外的糧食不可。而這些天來，拿破崙不輕易露面，整天就待在農莊主院裡，那兒的每道門都由氣勢洶洶的狗把守著。一旦他要出來，也必定一本正經，而且，還有六條狗前呼後擁著，不論誰要走近，那些狗都會吼叫起來。甚至在星期天早晨，他也常常不露面，而由其他豬，通常是尖聲仔來傳達他的指示。

一個星期天早晨，尖聲仔宣布，所有重新開始下蛋的雞，必須把雞蛋上交。因爲透過溫普爾牽線，拿破崙已經承諾了一項每週交付四百只雞蛋的合同。這些雞蛋所賺的錢可以買回很多飼料糧食，農莊也就可以維持到夏季，那時，情況就好轉了。

雞一聽到這些，便提出了強烈的抗議。雖然在此之前就已經有過預告，說這種犧牲恐怕是必不可少的，但他們並不相信眞會發生這種事。此時，他們剛把春季孵小雞用的蛋準備好，因而便抗議說，現在拿走雞蛋就是謀財害命。於是，爲了攪亂拿破崙的計劃，他們在三隻年輕黑米諾卡雞的帶動下，索性豁出去了。他們的做法是飛到椽上下蛋，雞蛋落到地上便打得粉碎。這是自瓊斯被逐以後第一次帶有反叛味的行爲。對此，拿破崙立即採取嚴厲措施。他指示停止供應飼料給雞，同時下令，任何動物，不論是誰，哪怕給雞一粒糧食都要被處以死刑。這些命令由狗來負責執行。雞堅持了五天，最後投降了，又回到了雞窩裡。在這期間共有九隻雞死去，遺體都埋到了果園裡，對外則說他們是死於雞瘟。溫普爾一點也不知道這件事，雞蛋按時交付，每週由一輛食品車來農莊拉一次。

這段時間裡，一直都沒有再出現與雪球有關的事。有謠傳說他躲在附近的農莊裡，不是在狐林農莊，就是在平場農莊。此時，拿破崙和其他農莊的關係也比以前稍微改善了些。碰巧，在農莊的院子裡，有一堆十年前在清理一片櫸樹林時堆在那兒的木材，如今已經很合用了。於是溫普爾就建議拿破崙把它賣掉。皮金頓先生和佛德里克先生都十分想買。不過拿破崙還在猶豫，拿不準賣給誰好。大家注意到，每當他似乎要和佛德里克先生達成協議的時候，就有謠傳說雪球正躲在狐林農莊；而當他打算傾向於皮金頓時，就又有謠傳說雪球是在平場農莊。

初春時節，突然間有一件事震驚了農莊。說雪球常在夜間祕密地潛入農莊！動物們嚇壞了，躲在窩棚裡夜不能寐。據說，每天晚上他都在夜幕的掩護下潛入農莊，無惡不作。他偷走穀子，弄翻牛奶桶，打碎雞蛋，踐踏苗圃，咬掉果樹皮。不論什麼時候什麼事情搞糟了，通常都要推到雪球身上。要是一扇窗子壞了或者水道堵塞了，準有某個動物斷定這是雪球在夜間搞的鬼。儲藏棚的鑰匙丟了，所有動物都堅信是被雪球扔到井裡去了。好笑的是，甚至在發現鑰匙原來是被誤放在一袋麵粉底下之後，他們還是這樣堅信不疑。牛異口同聲地聲稱雪球在她們睡覺時溜進牛棚，吸了她們的奶。那些在冬天曾給她們帶來煩惱的老鼠，也被指責是雪球的同夥。

拿破崙下令對雪球的活動進行一次全面調查。他在狗的護衛下，開始對農莊的窩棚進行一次仔細的巡迴檢查，其他動物謙恭地在幾步之外尾隨著。每走幾步，拿破崙就停下來，嗅一嗅地面上是否有雪球的氣味。他說他能藉此分辨出雪球的蹄印。他嗅遍了每一個角落，從大穀倉、牛棚到雞窩和蘋果園，幾乎到處都發現了雪球的蹤跡。每到一處，他就把嘴伸到地上，深深地吸上幾下，接著便以驚詫的語氣大叫道：「雪球！他到過這兒！我能清楚地嗅出來！」一聽到「雪球」，所有的狗都呲牙咧嘴，發出一陣令動物們膽顫心驚的咆哮。

動物們被徹底嚇壞了。對他們來說，雪球就像某種看不見的惡魔，浸透在他們周圍的空間，以各種危險威脅著他們。到了晚上，尖聲仔把他們召集起來，帶著一副惶恐不安的神情說，他有要事相告。

「同志們！」尖聲仔邊神經質地蹦跳著邊大叫道，「發現了一件最爲可怕的事，雪球已經投靠了平場農莊的佛德里克了。而那傢伙正在策劃著襲擊我們，企圖奪占我們的農莊！雪球將在襲擊中爲他帶路。更糟糕的是，我們曾以爲，雪球的起義是出於自命不凡和野心勃勃。可是我們搞錯了，同志們，你們知道眞正的動機是什麼嗎？雪球從一開始就是和瓊斯一夥的！他自始至終都是瓊斯的密探。我們剛剛發現了一些他遺下的文件，這一點在那些文件中完全得到了證實。同志們，依我看，這就能說明不少問題了。在牛棚大戰中，雖然幸虧他的陰謀沒有得逞，但他想使我們遭到毀滅的企圖，難道不是我們有目共睹的嗎？」

大家都愣住了。比起雪球毀壞風車一事，這一項罪孽要嚴重多了。但是，他們在完全接受這一點之前，卻猶豫了好幾分鐘。他們都記得，或者自以爲還記得，在牛棚大戰中，他們曾看到的是雪球在帶頭衝鋒陷陣，並不時地重整旗鼓，而且，即使在瓊斯的子彈已射進他的脊背時也毫不退縮。對此，他們首先就感到困惑不解，這怎麼能說明他是站在瓊斯一邊的呢？就連很少質疑的拳擊手也迷惑不解。他臥在地上，前腿屈在身子底下，眼睛緊閉著，絞盡腦汁想理順他的思路。

「我不信，」他說道，「雪球在牛棚大戰中英勇作戰，這是我親眼看到的。戰鬥一結束，我們不是就立刻授予他『一級動物英雄』勳章了嗎？」

「那是我們的失誤，同志們，因爲我們現在才知道，他實際上是想誘使我們走向滅亡。在我們已經發現的祕密文件中，這一點寫得清清楚楚。」

「但是他負傷了，」拳擊手說，「我們都看見他流著血在衝鋒。」

「那也是預謀的一部分！」尖聲仔叫道，「瓊斯的子彈只不過擦了一下他的皮而已。要是你能識字的話，我會把他親手寫的文件拿給你看的。他們的陰謀，就是在關鍵時刻發出一個信號，讓雪球逃跑並把農莊留給敵人。他差不多就要成功了，我甚至敢說，要是沒有我們英勇的領袖拿破崙同志，他早就得逞了。難道你們不記得，就在瓊斯一夥衝進院子的時候，雪球突然轉身就逃，於是很多動物都跟著他跑了嗎？還有，就在那一會兒，都亂掉了，幾乎都要完了，拿破崙同志突然衝上前去，大喊『消滅人類』，同時咬住了瓊斯的腿，這一點難道你們不記得了嗎？你們肯定記得這些吧？」尖聲仔一邊左右蹦跳，一邊大聲叫著。

既然尖聲仔把那一場景描述得栩栩如生，動物們便似乎覺得，他們果眞記得有這麼回事。不管怎麼說，他們記得在激戰的關鍵時刻，雪球曾經掉頭跑過。但是拳擊手還感到有些不自在。

他終於說道：「我不相信雪球一開始就是一個叛徒。他後來的所作所爲是另一回事，但我認爲在牛棚大戰中，他是一個好同志。」

「我們的領袖，拿破崙同志，」尖聲仔以緩慢而堅定的語氣宣告，「已經明確地——明確地，同志們——聲明雪球一開始就是瓊斯的奸細，是的，遠在想著起義之前就是的。」

「噢，這就不一樣了！如果這是拿破崙同志說的，那就肯定不會錯。」拳擊手說。

「這才是正確的觀念，同志們！」尖聲仔大叫著。但動物們注意到他那閃亮的小眼睛向拳擊手怪模怪樣地瞥了一眼。在他轉身要走時，停下來又強調了一句：「我提醒農莊的每個動物要睜大眼睛。我們有理由相信，眼下，雪球的密探正潛伏在我們中間！」

四天以後，下午稍晚，拿破崙召集所有的動物在院子裡開會。他們集合好後，拿破崙從屋裡出來了，佩戴著他的兩枚勳章（他最近已授予他自己「一級動物英雄」和「二級動物英雄」勳章），還帶著他那九條大狗，那些狗圍著他蹦來跳去，發出讓所有動物都毛骨悚然的吼叫。動物們默默地蜷縮在那裡，似乎預感到要發生什麼可怕的事。

拿破崙嚴厲地站在那兒向下面掃了一眼，接著便發出一聲尖細的驚叫。於是，那些狗就立刻衝上前咬住了四頭豬的耳朵，把他們往外拖。那四頭豬在疼痛和恐懼中哀叫著，被拖到拿破崙腳下。豬的耳朵流出血來。狗嚐到了血腥味，發狂了好一會兒。使所有動物感到驚愕的是，有三條狗向拳擊手撲去。拳擊手看到他們來了，就伸出巨掌，在半空中逮住一條狗，把他踩在地上。那條狗尖叫著求饒，另外兩條狗夾著尾巴飛奔回去了。拳擊手看著拿破崙，想知道是該把那狗踩死呢，還是放掉？拿破崙變了臉色，他厲聲喝令拳擊手把狗放掉。拳擊手抬起掌，狗帶著傷哀號著溜走了。

喧囂立即平靜下來了。那四頭豬渾身發抖地等待發落，面孔上的每道皺紋似乎都刻寫著他們的罪狀。他們正是抗議拿破崙廢除星期天大會議的那四頭豬。拿破崙喝令他們坦白罪行。他們沒等進一步督促就交代說，他們從雪球被驅逐以後一直和他保持祕密接觸，還配合他搗毀風車，並和他達成一項協議，打算把動物農莊拱手讓給佛德里克先生。他們還補充說，雪球曾在私下對他們承認，他過去幾年來一直是瓊斯的特務，他們剛一坦白完，狗就立刻咬穿了他們的喉嚨。這時，拿破崙聲色俱厲地質問別的動物還有什麼要坦白的。

那三隻曾經試圖透過雞蛋事件領頭鬧事的雞走上前去，說雪球曾在她們的夢中顯現，並煽動她們違抗拿破崙的命令；她們也被殺掉了。接著一隻鵝上前坦白，說他曾在去年收割季節藏了六穗穀子，並在當天晚上吃掉了。隨後一隻羊坦白說她曾向飲水池裡撒過尿，她說是雪球驅使她這麼幹的。另外兩隻羊交代，他們曾經謀殺了一隻老公羊，一隻十分忠實的拿破崙的信徒，他們在他患咳嗽時，追著他繞著火堆轉來轉去。這些動物都被當場殺掉了。口供和死刑就這樣進行著，直到拿破崙腳前堆起一堆屍體。空氣中瀰漫著濃重的血腥味，這樣的事情自從趕走瓊斯以來還一直聞所未聞的。

等這一切都過去了，剩下的動物，除了豬和狗以外，便都擠成一堆溜走了。他們感到震驚，感到可怕，卻說不清到底什麼更使他們害怕——是那些和雪球結成同盟的叛逆更可怕呢，還是剛剛目睹的對這些叛徒所做的殘忍懲罰更可怕。過去，和這種血流遍地的情景同樣可怕的事也時常可見，但對他們來說這一次要陰森得多，因為這就發生在他們自己同志中間。從瓊斯逃離農莊迄今，沒有一個動物殺害過其他動物，就連老鼠也未曾受害。這時，他們已經走到小山丘上，建了一半的風車就矗立在那裡，大夥不約而同地躺下來，並擠在一起取暖。幸運草、妙瑞、班傑明、牛、羊及一群鵝和雞，實際上，除了那隻貓以外，全都在這兒，貓在拿破崙命令所

辦法說出此時的想法的話，她肯定就會這樣說，現在的情形可不是幾年前他們爲推翻人類而努力奮鬥的目標，這些可怕的情形以及這種殺戮並不是他們在老少校第一次鼓動起義的那天晚上所嚮往的。對於未來，如果說她還曾有過什麼構想，那一定就是構想了這樣一個社會：在那裡，沒有飢餓和鞭子的折磨，一律平等，各盡其能，強者保護弱者，就像是在少校講演的那天晚上，她曾經用前腿保護著最後才到的那一群小鴨子一樣。但現在她不明白，爲什麼他們現在竟處在一個不敢講眞話的世界裡。當那些氣勢洶洶的狗到處咆哮的時候，當眼看著自己的同志在坦白了可怕的罪行後、被撕成碎片而無可奈何的時候，她的心裡沒有反叛或違命的念頭。她知道，儘管如此，他們現在也比瓊斯在的時候強多了，再說，他們的當務之急還是要防備人類捲土重來。不管出了什麼事，她都要依然忠心耿耿，辛勤勞動，服從拿破崙的領導，完成交給自己的任務。然而，她仍相信，她和其他的動物曾期望並爲之操勞的，並不是今天這般情景；他們建造風車，勇敢地冒著瓊斯的槍林彈雨衝鋒陷陣也不是爲著這些。這就是她所想的，儘管她一下還說不清。

最後，她覺得實在找不到什麼合適的措詞，只能換個方式來表達，於是便開始唱〈英格蘭之獸〉。圍在她周圍的動物跟著唱起來。他們唱了三遍，唱得十分和諧，但卻緩慢而淒然。他們以前還從來不曾用這種唱法唱過這支歌。

他們剛唱完第三遍，尖聲仔就在兩條狗的陪同下，面帶著要說什麼大事的神情向他們走過來。他宣布，遵照拿破崙同志的一項特別命令，〈英格蘭之獸〉已被廢止了。從今以後，禁止再唱這首歌。

動物們愣住了。

「爲什麼？」妙瑞嚷道。

「不需要了，同志們，」尖聲仔冷冷地說道，「〈英格蘭之獸〉是起義用的歌。但起義已經成功，今天下午對叛徒的處決就是最後的行動。內外仇敵已全部被打垮了。我們在〈英格蘭之獸〉中表達的，是在當時對未來美好社會的渴望，但這個社會現在已經建立。這首歌明顯不再有任何意義了。」

他們感到害怕，可是，還是有些動物要提出抗議。但就在這時，羊大聲地洋洋叫起那套老調子來：「四條腿好，兩條腿壞。」持續了好幾分鐘，也就結束了這場爭議。

於是再也聽不到〈英格蘭之獸〉這首歌了，取而代之的，是擅長寫詩的梅尼繆斯寫的另外一首歌，它是這樣開頭的：

動物農莊，動物農莊，
我絕不允許損您之事出現！

從此，每個星期天早晨升旗之後就唱這首歌，但不知怎麼搞的，對動物們來說，無論是詞還是曲，這首歌似乎都不能和〈英格蘭之獸〉相提並論。

8

幾天以後，這次行刑引起的恐慌已經平息下來後，有些動物才想起了第六條戒律中已經規定：「任何動物不得傷害其他動物。」至少他們自以爲記得有這條規定。儘管在提起這個話題時，誰也不願讓豬或狗聽見，但他們還是覺得這次殺戮與這一條戒律不相符。幸運草請求班傑明幫她唸一下第六條戒律，班傑明卻像往常一樣說他不願介入這類事情。她又找來妙瑞。妙瑞就幫她唸了，上面寫著：「任何動物不得無故傷害其他動物」。對「無故」這兩個字，動物們不知怎麼回事就是不記得了。但他們現在卻清楚地看到，殺掉那些與雪球串通一氣的叛徒是有充分根據的，它並沒有違犯戒律。

整整這一年，動物們比前些年幹得更加賣力。重建風車，不但要把牆築得比上一次厚一倍，還要按預定日期完工；再加上農莊裡那些例行性的工作，這兩項合在一起，任務十分繁重。對動物們來說，他們已經不止一次地感覺到，現在幹活時間比瓊斯時期長，吃得卻並不比那時強。每到星期天早上，尖聲仔的蹄子上就捏著一張長紙條，向他們發布各類食物產量增加的一系列數據，根據內容分門別類，有的增加了百分之二百，有的增加了百分之三百或百分之五百。動物們覺得沒有任何理由不相信他，尤其是因爲他們再也記不清楚起義前的情形到底是什麼樣了。不過，他們常常覺得，寧願要這些數字少一些，吃得多一些。

現在所有的命令都是透過尖聲仔，或另外一頭豬發布的。拿破崙自己則兩星期也難得露一次面。一旦他要出來了，他就不僅要帶著狗侍衛，而且還要有一隻黑色小公雞，像號手一樣在前面開道。在拿破崙講話之前，公雞先要響亮地啼叫一下「喔——喔——喔」。據說，就是在農莊主院，拿破崙也是和別的豬分開居住。他在兩條狗的侍候下獨自用餐，而且還總要用德貝①陶瓷餐具用餐，那些餐具原來陳列在客廳的玻璃櫥櫃裡。另外，有通告說，每年逢拿破崙生日也要鳴槍，就像另外兩個紀念日一樣。

如今，對拿破崙也不能簡單地直呼「拿破崙」了。提到他就要用正式的尊稱：「我們的領袖拿破崙同志」，而那些豬還喜歡給他冠以這樣一些頭銜，如「動物之父」、「人類剋星」、「羊的保護神」、「鴨子的至親」等等。尖聲仔每次演講時，總要淚流滿面地大談一番拿破崙的智慧和他的好心腸，說他對普天之下的動物，尤其是對那些還不幸地生活在其他農莊裡的受歧視和受奴役的動物，滿懷著深摯的愛等等。在農莊裡，把每遇到一件幸運之事，每取得一項成就的榮譽歸於拿破崙已成了家常便飯。你會常常聽到一隻雞對另一隻雞這樣講道：「在我們的領袖拿破崙的指引下，我在六天之內下了五只蛋。」或者兩頭正在飲水的牛聲稱：「多虧拿破崙同志的領導，這水喝起來眞甜！」農莊裡的動物們的整個精神狀態，充分體現在一首名爲「拿破崙同志」的詩中，詩是梅尼繆斯編寫的，全詩如下：

孤兒之至親！
幸福之源泉！
賜給食料的恩主！
您雙目堅毅沉靜
如日當空，
仰望著您
啊！我滿懷激情
拿破崙同志！

①德貝（Derby）：英國南部一州，出產標有王冠商標的著名瓷器。

是您這施恩者賜予
您那眾生靈所期求之一切，
每日兩餐飽食，
還有那潔淨的草墊，
每個動物不論大小，
都在窩棚中平靜歇睡，
因爲有您在照看，
拿破崙同志！

我要是有頭幼仔，
在他長大以前，
哪怕他小得像奶瓶、像小桶，
他也應學會
用忠誠和眞心待您，
放心吧，

他的第一聲尖叫肯定是

「拿破崙同志！」

拿破崙對這首詩頗爲稱許，並要人把它刻在大穀倉的牆上，位於與「七誡」相對的另一頭。詩的上方是拿破崙的一幅側身肖像，是尖聲仔用白漆畫成的。

這期間，由溫普爾牽線，拿破崙正著手與佛德里克及皮金頓進行一系列繁冗的談判。那堆木材至今還沒有賣掉。在這兩個人中，佛德里克更急著要買，但他又不願出一個公道的價錢。與此同時，有一個過時的消息重新開始流傳，說佛德里克和他的夥計們正在密謀襲擊動物農莊，並想把他嫉恨已久的那具風車毀掉，據說雪球就潛藏在平場農莊。仲夏時節，動物們又驚訝地聽說，另外有三隻雞也主動坦白交代，說他們曾受雪球的煽動，參與過一起刺殺拿破崙的陰謀。那三隻雞立即被處決了。隨後，爲了拿破崙的安全起見，又採取了新的戒備措施，夜間有四條狗守衛著他的床，每個床角一條狗，一頭名叫平克埃的豬，接受了在拿破崙吃飯前品嘗他的食物的任務，以防食物有毒。

差不多同時，有通知說拿破崙決定把那堆木材賣給皮金頓先生；他還擬訂一項關於動物農莊和狐林農莊交換某些產品的長期協議。儘管只是透過溫普爾牽線，但拿破崙和皮金頓現在的關係可以說還是相當不錯。對於皮金頓這個人，動物們並不信任。但他們更不信任佛德里克，他們對他又怕又恨。夏天過去了，風車即將竣工，那個關於佛德里克將要襲擊農莊的風聲也愈來愈緊。據說危險已經迫在眉睫，而且，佛德里克打算帶二十個全副武裝的人來，還說他已經買通了地方官員和警察，這樣，一旦他能把動物農莊的地契弄到手，就會得到他們的認可。更有甚者，從平場農莊流出許多可怕的消息，說佛德里克正用他的動物進行殘酷無情的演習。他用鞭子抽死了一匹老馬，餓死他的牛，還把一條狗扔到爐子裡燒死了，到了晚上，他就把刮鬍刀碎片綁在雞爪子上看鬥雞取樂。聽到這些正加害在他們同志身上的事，動物們群情激憤，熱血沸騰，他們不時叫嚷著要一起去進攻平場農莊，趕走那裡的人，解放那裡的動物。但尖聲仔告誡動物們，要避免草率行動，要相信拿破崙的戰略部署。

儘管如此，反對佛德里克的情緒還是愈來愈高漲。在一個星期天早上，拿破崙來到大穀倉，他解釋說他從來不曾打算把那堆木料賣給佛德里克。他說，和那個惡棍打交道有辱他的身分。爲了向外傳播起義消息而放出去的鴿子，以後不准在狐林農莊落腳。他還下令，把他們以前的口號「打倒人類」，換成「打倒佛德里克」。夏末，雪球的另一個陰謀又被揭露了，麥田裡長滿了雜草，原來是他在某個夜晚潛入農莊後，往糧種裡拌進了草籽。一隻與此事件有牽連的公雞向尖聲仔坦白了這一罪行，隨後，他就吞食了劇毒莓果自盡了。動物們現在還得知，和他們一直想像的情況正相反，雪球從來都沒有接受過「一級動物英雄」嘉獎。受獎的事只不過是在牛棚大戰後，雪球自己散布的一個神話。根本就沒有爲他授勳這回事，倒是因爲他在戰鬥中表現怯懦而早就受到譴責。有些動物又一次感到很難接受，但尖聲仔很快就使他們相信是自己記錯了。

到了秋天，動物們在保證完成收割的情況下，竭盡全力，終於使風車竣工了，而且幾乎是和收割同時完成的。接下來還得安裝機器，溫普爾正在爲購買機器的事而奔忙，但是到此爲止，風車主體已經建成。且不說他們經歷的每一步如何困難，不管他們的經驗多麼不足，工具多麼原始，運氣多麼不佳，雪球的詭計多麼陰險，整個工程到此已經一絲不差地按時竣工了！動物們精疲力盡，但卻備感自豪，他們繞著自己的這一傑作不停地轉來轉去。在他們眼裡，風車比第一次築得漂亮多了，另外，牆座也比第一次的厚一倍。這一次，除了炸藥，什麼東西都休想摧毀它們！

回想起來，他們爲此不知流過多少血和汗，又克服了不知多少困難，但是一想到一旦當風車的翼板轉動就能帶動發電機，就會給他們的生活帶來巨大的改觀——想到這前前後後的一切，他們便忘卻了疲勞，而且還一邊得意地狂呼著，一邊圍著風車雀躍不已。拿破崙在狗和公雞的前呼後擁下，親自蒞臨視察，並親自對動物們的成功表示祝賀，還宣布，這個風車要命名爲「拿破崙風車」。

兩天後，動物們被召集到大穀倉召開一次特別會議。拿破崙宣布，他已經把那堆木料賣給了佛德里克，再過一天，佛德里克就要來拉貨。頓時，動物們一個個都驚訝得目瞪口呆。在整個這段時間裡，拿破崙只是與皮金頓表面上友好而已，實際上他已和佛德里克達成了祕密協議。

與狐林農莊的關係已經完全破裂，他們就向皮金頓發出了侮辱信，並通知鴿子以後要避開平場農莊，還把「打倒佛德里克」的口號改爲「打倒皮金頓」。同時，拿破崙斷然地告訴動物們說，所謂動物農莊面臨著一個迫在眉睫的襲擊的說法是徹頭徹尾的謊言，還有，有關佛德里克虐待他的動物的謠傳，也是嚴重誇大的。所有的謠言都極可能來自雪球及其同夥。總之，現在看來雪球並沒有藏在平場農莊。事實上他生平從來沒到過那兒，他正住在狐林農莊，據說生活得相當奢侈。而且多年來，他一直就是皮金頓門下一個地地道道的食客。

豬無不爲拿破崙的老練欣喜若狂。他表面上與皮金頓友好，這就迫使佛德里克把價錢報高了十二英鎊。尖聲仔說，拿破崙思想上的卓越之處，實際上就體現在他對任何人都不信任上，即使對佛德里克也是如此。佛德里克曾打算用一種叫做支票的東西支付木料錢，那玩意兒差不多只是一張紙，只不過寫著保證支付之類的諾言而已，但拿破崙根本不是他能唬弄得了的，他要求用眞正的五英鎊鈔票付款，而且要在運木料之前交付。佛德里克已經如數付清，所付的數目剛好夠爲大風車買機器用。

這期間，木料很快就被拉走了，等全部拉完之後，在大穀倉裡又召開了一次特別會議，讓動物們觀賞佛德里克支付的鈔票。拿破崙笑逐顏開，心花怒放，他佩著他的兩枚勳章，端坐在那個凸台的草墊子上，錢就在他身邊，整齊地堆放在從農莊主院廚房裡拿來的瓷盤子上。動物們排成一行慢慢走過，無不大飽眼福。拳擊手還伸出鼻子嗅了嗅那鈔票，隨著他的呼吸，還激起了一股薄薄的白末屑和嘶嘶作響聲。

三天以後，在一陣震耳的嘈雜聲中，只見溫普爾騎著自行車飛快趕來，面色如死人一般蒼白。他把自行車在院子裡就地一扔，就逕直衝進農莊主院。過了一會兒，就在拿破崙的房間裡響起一陣哽咽著嗓子的怒吼聲。出事了，這消息像野火一般傳遍整個農莊。鈔票是假的！佛德里克白白地拉走了木料！

拿破崙立即把所有動物召集在一起，咬牙切齒地宣布，判處佛德里克死刑。他說，要是抓住這傢伙，就要把他活活煮死。同時他告誡他們，繼這個陰險的背信棄義的行動之後，最糟糕的事情也就會一觸即發了。佛德里克和他的同夥隨時都有可能發動他們蓄謀已久的襲擊。因此，已在所有通向農莊的路口安置了崗哨。另外，四隻鴿子給狐林農莊送去和好的信件，希望與皮金頓重修舊好。

就在第二天早晨，敵人開始襲擊了。當時動物們正在吃早飯，哨兵飛奔來報，說佛德里克及其隨從已經走進了五柵門。動物們勇氣十足，立刻就向敵人迎頭出擊，但這一回他們可沒像牛棚大戰那樣輕易取勝。敵方這一次共有十五個人，六把槍，他們一走到五十碼外就立刻開火。可怕的槍聲和惡毒的子彈使動物們無法抵擋，雖然拿破崙和拳擊手好不容易才把他們集結起來，可是不一會兒，他們就又被打退了回來。很多動物已經負傷。於是他們紛紛逃進農莊的窩棚裡躲了起來，小心翼翼地透過牆縫，透過木板上的節疤孔往外窺探。只見整個大牧場，還有風車，都已落到敵人手中。此時就連拿破崙似乎也已不知所措了。他一言不發，走來走去，尾巴變得僵硬，而且還不停抽搐著。他不時朝著狐林農莊方向瞥去渴望的眼光。如果皮金頓和他手下的人幫他們一把的話，這場拚鬥還可以打勝。但正在此刻，前一天派出的四隻鴿子回來了，其中有一隻帶著皮金頓的一張小紙片。紙上用鉛筆寫著：「你們活該。」

這時，佛德里克一夥人已停在風車周圍。動物們一邊窺視著他們，一邊惶恐不安地嘀咕起來，有兩個人拿出一根鋼鍬和一把大鐵鎚，他們準備拆除風車。

「不可能！」拿破崙喊道，「我們已把牆築得那麼厚。他們休想在一星期內拆除。不要怕，同志們！」

但班傑明仍在急切地注視著那些人的活動。拿著鋼鍬和大鎚的兩個人，正在風車的地基附近打孔。最後，班傑明帶著幾乎是戲謔的神情，慢吞吞地動了動他那長長的嘴巴。

「我看是這樣，」他說，「你們沒看見他們在做什麼嗎?過一會兒，他們就要往打好的孔裡裝炸藥。」

太可怕了。但此時此刻，動物們不敢冒險衝出窩棚，他們只好等待著。過了幾分鐘，眼看著那些人朝四下散開，接著，就是一聲震耳欲聾的爆炸聲。頓時，鴿子就立刻飛到空中，其他動物，除了拿破崙以外，全都轉過臉去，猛地趴倒在地。他們起來後，風車上空飄盪著一團巨大的黑色煙雲。微風慢慢吹散了煙雲：風車已蕩然無存！

看到這情景，動物們又重新鼓起勇氣。他們在片刻之前所感到的膽怯和恐懼，此刻便被這種可恥卑鄙的行爲所激起的狂怒淹沒了。他們發出一陣強烈的復仇吶喊，不等下一步的命令，便一齊向敵人衝去。這一次，他們顧不上留意那如冰雹一般掃射而來的殘忍子彈了。這是一場殘酷、激烈的戰鬥。那幫人不斷地射擊，等到動物們接近他們時，他們就又用棍棒和那沉重的靴子大打出手。一頭牛、三隻羊、兩隻鵝被殺害了，幾乎每個動物都受了傷。就連一直在後面指揮作戰的拿破崙也被子彈削去了尾巴尖。但人也並非沒有傷亡。三個人的頭被拳擊手的蹄掌打破；另一個人的肚子被一頭牛的犄角刺破；還有一個人，褲子幾乎被傑西和藍鈴撕掉，給拿破崙作貼身警衛的那九條狗，奉他的命令在樹籬的遮掩下迂迴過去，突然出現在敵人的側翼，兇猛地吼叫起來，把那幫人嚇壞了。他們發現有被包圍的危險，佛德里克趁退路未斷，便喊他的同夥撤出去，不一會兒，那些貪生怕死的敵人便沒命似地逃了。動物們一直把他們追到農莊邊上，在他們從那片樹籬中擠出去時，還踢了他們最後幾下。

他們勝利了，但他們都已疲憊不堪，鮮血淋漓。他們一瘸一拐地朝農莊緩緩地走回去。看到橫在草地上的同志們的屍體，有的動物悲傷得淚眼汪汪。他們在那個曾矗立著風車的地方肅穆地站立了好長時間。眞眞確確，風車沒了；他們勞動的最後一點痕跡幾乎也沒了！甚至地基也有一部分被炸毀，而且這一下，要想再建風車，也非上一次可比了。上一次還可以利用剩下的石頭。可是這一次連石頭也不見了。爆炸的威力把石頭拋到了幾百碼以外。好像這兒從未有過風車一樣。

當他們走近農莊，尖聲仔朝他們蹦蹦跳跳地走過來，他一直莫名其妙地沒有參加戰鬥，此時卻高興地搖頭擺尾。就在這時，動物們聽到從農莊的窩棚那邊傳來祭典的鳴槍聲。

「幹嘛要開槍？」拳擊手問。

「慶祝我們的勝利！」尖聲仔嚷道。

「什麼勝利？」拳擊手問。他的膝蓋還在流血，又丟了一只蹄鐵，蹄子也裂開了，另外還有十二顆子彈擊中了他的後腿。

「什麼勝利？同志們，難道我們沒有從我們的領土上——從神聖的動物農莊的領土上趕跑敵人嗎？」

「但他們毀掉了風車，而我們卻爲建風車幹了兩年！」

「那有什麼？我們將另建一座。我們高興的話就建它六座風車。同志們，你們不瞭解，我們已經幹了一件多麼了不起的事。敵人曾占領了我們腳下這塊土地。而現在呢，多虧拿破崙同志的領導，我們重新奪回了每一英寸土地！」

「然而我們奪回的只是我們本來就有的。」拳擊手又說道。

「這就是我們的勝利。」尖聲仔說。

他們一瘸一拐地走進大院。拳擊手腿皮下的子彈使他疼痛難忍。他知道，擺在他面前的工作，將是一項從地基開始再建風車的沉重勞動，他還想像他自己已經爲這項任務振作了起來。但是，他第一次想到，他已經十一歲了。他那強健的體魄也許今非昔比了。

但當動物們看到那面綠旗在飄揚，聽到再次鳴槍——總共響了七響，聽到拿破崙的講話，聽到他對他們的行動的祝賀，他們似乎覺得，歸根結柢，他們取得了巨大的勝利。大家爲在戰鬥中死難的動物安排了一個隆重的葬禮。拳擊手和幸運草拉著靈車，拿破崙親自走在隊列的前頭。整整兩天用來舉行慶祝活動，有唱歌，有演講，還少不了鳴槍，每一個牲口都拿到了一顆作爲特殊紀念物的蘋果，每隻家禽得到了兩盎司穀子，每條狗有三塊餅乾。有通知說，這場戰鬥將命名爲風車戰役，拿破崙還設立了一個新勳章「綠旗勳章」，並授予了他自己。在這一片歡天喜地之中，那個不幸的鈔票事件也就被遺忘了。

慶祝活動過後幾天，豬偶然在農院的地下室裡，發現了一箱威士忌，這在他們剛住進這裡時沒注意到。當天晚上，從農莊主院那邊傳出一陣響亮的歌聲，令動物們驚奇的是，中間還夾雜著〈英格蘭之獸〉的旋律。大約在九點半左右，只見拿破崙戴著一頂瓊斯先生的舊圓頂禮帽，從後門出來，在院子裡飛快地跑了一圈，又閃進門不見了。但第二天早晨，農莊主院內卻是一片沉寂，看不到一頭豬走動，快到九點鐘時，尖聲仔出來了，遲緩而沮喪地走著，目光呆滯，尾巴無力地垂在身後，渾身上下病怏怏的。他把動物們叫到一起，說他要傳達一個沉痛的消息：拿破崙同志病危！

一陣哀號油然而起。莊主院門外鋪著草墊，於是，動物們踮著蹄尖從那兒走過。他們眼中含著淚，相互之間總是詢問：要是他們的領袖拿破崙離開了，他們可該怎麼辦。農莊裡此刻到處都在風傳，說雪球最終還是設法把毒藥摻到拿破崙的食物中了。十一點，尖聲仔出來發布另一項公告，說是拿破崙同志在彌留之際宣布了一項神聖的法令：飲酒者要處死刑。

可是到了傍晚，拿破崙顯得有些好轉，次日早上，尖聲仔就告訴他們說拿破崙正在順利康復。即日夜晚，拿破崙又重新開始工作了。又過了一天，動物們才知道，他早先讓溫普爾在威靈頓買了一些有關蒸餾及釀造酒類方面的小冊子。一週後，拿破崙下令，把蘋果園那邊的小牧場鏟掉。那牧場原先是打算爲退休動物留作草場用的，現在卻說是牧草已耗盡，需要重新耕種；但不久以後便眞相大白了，拿破崙準備在那兒播種大麥。

大概就在這時，發生了一件奇怪的事件，幾乎每個動物都百思不得其解。這事發生在一天夜裡十二點鐘左右，當時，院子裡傳來一聲巨大的跌撞聲，動物們都立刻衝出窩棚去看。那個夜晚月光皎潔，在大穀倉一頭寫著「七誡」的牆角下，橫著一架斷爲兩截的梯子。尖聲仔平躺在梯子邊上，一時昏迷不醒。他手邊有一盞馬燈，一把漆刷子，一只打翻的白漆桶。狗當即就把尖聲仔圍了起來，他一甦醒過來，馬上就護送他回到了農莊主院。除了班傑明以外，動物們都想不通這是怎麼回事。班傑明動了動他那長嘴巴，露出一副會意了的神情，似乎看出點眉目來了，但卻什麼也沒說。

但是幾天後，妙瑞自己在看七誡時注意到，動物們又有另外一條戒律都記錯了。他們本來以爲，第五條戒律是「任何動物不得飲酒」，但有兩個字他們都忘了，實際上，那條戒律是「任何動物不得飲酒過度」。

9

拳擊手蹄掌上的裂口過了很長時間才痊癒。慶祝活動結束後第二天，動物們就開始重建風車了。對此，拳擊手哪裡肯閒著，他一天不幹活都不行，於是就忍住疼痛不讓他們察覺。到了晚上，他悄悄告訴幸運草，他的掌子疼得厲害。幸運草就用嘴巴嚼著草藥幫他敷上。她和班傑明都懇求拳擊手幹活輕一點。她對他說：「馬肺又不能永保不衰。」但拳擊手不聽，他說，他剩下的唯一一個心願就是在他到退休年齡之前，能看到風車建設順利進行。

想當初，動物農莊初次制定律法時，退休年齡分別規定爲：馬和豬十二歲，牛十四歲，狗九歲，羊七歲，雞和鵝五歲，還允諾要發給充足的養老津貼。雖然至今還沒有一個動物眞正領取過養老津貼，但近來這個話題愈來愈常討論了。眼下，因爲蘋果園那邊的那塊小牧場已被留作大麥田，就又有小道消息說大牧場的一角要圍起來給退休動物留作牧場用。據說，每匹馬的養老津貼是每天五磅穀子，到冬天是每天十五磅乾草，節令假日還發給一根胡蘿蔔，或盡量給一個蘋果。拳擊手的十二歲生日就在來年的夏末。

這個時期的生活十分艱苦。冬天像去年一樣冷，食物也更少了。除了那些豬和狗以外，所有動物的飼料糧再次減少。尖聲仔解釋說，在定量上過於教條的平等是違背動物主義原則的。不論在什麼情況下，他都毫不費力地向其他動物證明，無論表面現象是什麼，他們事實上並不缺糧。當然，暫時有必要調整一下供應量（尖聲仔總說這是「調整」，從不認爲是「減少」）。但與瓊斯時代相比，進步是巨大的。爲了向大家詳細說明這一點，尖聲仔用他那尖細的嗓音一口氣唸了一大串數字。這些數字反映出，和瓊斯時代相比，他們現在有了更多的燕麥、乾草、蘿蔔，工作的時間更短，飲用的水質更好，壽命延長了，年輕一代的存活率提高了，窩棚裡有了更多的草墊，而且跳蚤少多了。動物們對他說的每句話無不信以爲眞。說實話，在他們的記憶中，瓊斯及他所代表的一切幾乎已經完全淡忘了。他們知道，近來的生活窘困而艱難，常常是飢寒交迫，醒著的時候就是幹活，但毫無疑問，過去更糟糕。他們情願相信這些。再說，那時他們是奴隸，現在卻享有自由。誠如尖聲仔那句總是掛在嘴上的話所說，這一點使一切都有了天壤之別。

現在有更多的嘴要吃飯。秋天，四頭母豬差不多同時都產下小豬仔，共有三十一頭。他們生來就帶著黑白條斑。推測誰是他們的父親並不難，因爲拿破崙是農莊裡唯一的種豬。有通告說，過些時候，等買好了磚頭和木料，就在農莊主院花園裡爲他們蓋一間學堂。目前，暫時由拿破崙在農莊主院的廚房裡親自爲他們上課。這些小豬平常是在花園裡活動，而且不許他們和其他年幼的動物一起玩耍。大約與此同時，又頒布了一項規定，規定說當其他的動物在路上遇到豬時，他們就必須要站到路邊；另外，所有的豬，不論地位高低，均享有星期天在尾巴上戴緞帶的特權。

農莊度過了相當順利的一年，但是，他們的錢還是不夠用。建學堂用的磚頭、沙子、石灰和風車用的機器得花錢去買。農莊主院需要的燈油和蠟燭，拿破崙食用的糖（他禁止其他豬吃糖，原因是吃糖會使他們發胖），也得花錢去買。再加上所有日用的工作雜物，諸如工具、釘子、繩子、煤、鐵絲、鐵塊和狗食餅乾等等，開銷不小。爲此，又得重新攢錢。剩餘的乾草和部分馬鈴薯收成已經賣掉，雞蛋合同又增加到每週六百個。因此在這一年中，孵出的小雞連起碼的數目都不夠，雞群幾乎沒法維持在過去的數目水平上。十二月份已經減少的口糧，二月份又削減了一次，爲了省油，窩棚裡也禁止點燈。但是，豬好像倒很舒服，而且事實上，即使有上述情況存在，他們的體重仍有增加。二月末的一個下午，有一股動物們以前從沒有聞到過的新鮮、濃郁、令他們饞涎欲滴的香味，從廚房那一邊小釀造房裡飄到院子裡來，那間小釀造房在瓊斯時期就已棄置不用了。有動物說，這是蒸煮大麥的味道。他們貪婪地嗅著香氣，心裡都在暗自猜測：這是不是在爲他們的晚餐準備熱呼呼的

「四條腿好，兩條腿壞」，頓時就叫得他們啞口無言。但大體來說，動物們搞這些慶祝活動還是興致勃勃的。歸根結柢，他們發現正是在這些活動中，他們才感到自己眞正是當家作主了，所做的一切都是在爲自己謀福利，想到這些，他們也就心滿意足。因而，在歌聲中，在遊行中，在尖聲仔列舉的數字中，在鳴槍聲中，在黑公雞的啼叫聲中，在綠旗的飄揚中，他們就可以至少在部分時間裡忘卻他們的肚子還是空蕩蕩的。

四月份，動物農莊宣告成爲「共和國」，在所難免地要選舉一位總統，可是候選人只有一個，就是拿破崙，他被一致推舉就任總統。同一天，又公布了有關雪球和瓊斯串通一氣的新證據，其中涉及很多詳細情況。這樣，現在看來，雪球不僅詭計多端地破壞「牛棚大戰」，這一點動物們以前已有印象了，而且是公開地爲瓊斯作幫兇。事實上，正是他充當了那夥人的元兇。他在參加混戰之前，還高喊過「人類萬歲！」。有些動物仍記得雪球的背上帶了傷，那實際上是拿破崙親自咬的。

仲夏時節，烏鴉摩西在失蹤數年之後，突然又回到農莊。他幾乎沒有什麼變化，照舊不幹活，照舊口口聲聲地講著「糖山」的老套。誰要是願意聽，他就拍打著黑翅膀飛到一根樹樁上，滔滔不絕地講起來。「在那裡，同志們，」他一本正經地講著，並用大嘴巴指著天空——「在那裡，就在你們看到的那團烏雲那邊——那兒有一座『糖山』。那個幸福的國度將是我們可憐的動物擺脫了塵世之後的歸宿！」他甚至聲稱曾在一次高空飛行中到過那裡，並看到了那裡一望無際的苜蓿地，亞麻子餅和方糖就長在樹籬上。很多動物相信了他的話。他們推想，他們現在生活在飢餓和勞累之中，那麼換一種情形，難道就不該合情合理地有一個好得多的世界嗎？難以判斷的是豬對待摩西的態度，他們都輕蔑地稱他那些「糖山」的說法全是謊言，可是仍然允許他留在農莊，允許他不幹活，每天還給他一吉耳的啤酒作爲補貼。

拳擊手的蹄掌痊癒之後，他幹活就更拚命了。其實，在這一年，所有的動物幹起活來都像奴隸一般。農莊裡除了那些常見的活和再建風車的事之外，還要幫年幼的豬蓋學堂，這一項工程是在三月份動工的。有時，在食不果腹的情況下長時間勞動是難以忍受的，但拳擊手從未退縮過。他的一言一行沒有任何跡象表明他的幹勁不如過去，只是外貌上有點小小的變化：他的皮毛沒有以前那麼光亮，粗壯的腰部似乎也有點萎縮。別的動物說：「等春草長上來時，拳擊手就會慢慢恢復過來。」但是，春天來了，拳擊手卻並沒有長胖。有時，當他在通往礦頂的坡上，用盡全身氣力頂著那些巨型石頭的重荷的時候，撐持他的力量彷彿唯有不懈的意志了。這種時候，他總是一聲不吭，但猛地看上去，似乎還可隱約見到他口中唸唸有詞「我要更加努力工作」。幸運草和班傑明又一次警告他，要當心身體，但拳擊手不予理會。他的十二歲生日臨近了，但他沒有放在心上，而一心一意想的只是在領取養老津貼之前把石頭攢夠。

夏天的一個傍晚，快到天黑的時候，有個突如其來的消息傳遍整個農莊，說拳擊手出了什麼事。在這之前，他曾獨自外出，往風車那裡拉了一車石頭。果然，消息是眞的。幾分鐘後，兩隻鴿子急速飛過來，帶來消息說：「拳擊手倒下去了！他現在正側著身躺在那裡，站不起來了！」

農莊裡大約有一半動物衝了出去，趕到建風車的小山丘上。拳擊手躺在那裡，身子夾在車轅中間，伸著脖子，連頭也抬不起來，眼睛眨巴著，兩肋的毛被汗水黏得一團一團的，嘴裡流出一股稀稀的鮮血。幸運草跪倒在他身邊。

「拳擊手！」她呼喊道，「你怎麼了？」

「我的肺，」拳擊手用微弱的聲音說，「沒關係，我想沒有我你們也能建成風車，備用的石頭已經積攢夠了。無論如何，我再過一個月就可以退休了。不瞞你說，我一直盼望著退休。眼看班傑明也老了，說不定他們會讓他同時退休，和我作個伴。」

「我們會得到幫助的，」幸運草叫道，「快，誰跑去告訴尖聲仔！出事啦。」

其他動物全都立即跑回主院，向尖聲仔報告這一消息，只有幸運草和班傑明留下來。班傑明躺在拳擊手旁邊，不聲不響地用他的長尾巴為拳擊手趕蒼蠅。大約過了一刻鐘，尖聲仔帶著同情和關切的樣子趕到現場。他說拿破崙同志已得知此事，對農莊裡這樣一位最忠誠的成員發生這種不幸感到十分悲傷，而且已在安排把拳擊手送往威靈頓的醫院治療。動物們對此感到有些不安，因為除了茉莉和雪球之外，其他動物從未離開過農莊，他們不願想到把一位患病的同志交給人類。然而，尖聲仔毫不費力地說服了他們，他說在威靈頓的獸醫院比在農莊裡能更好地治療拳擊手的病。大約過了半小時，拳擊手有些好轉了，他好不容易才站起來，一步一顫地回到他的廄棚，裡面已經由幸運草和班傑明給他準備了一床舒適的稻草床。

此後兩天裡，拳擊手就待在他的廄棚裡。豬送來了一大瓶粉紅色的藥，那是他們在浴室的藥櫃裡發現的，由幸運草在飯後給拳擊手服用，每天用藥兩次。晚上，她躺在他的棚子裡和他聊天，班傑明則為他趕蒼蠅。拳擊手聲言對所發生的事並不後悔。如果他能徹底康復，他還希望自己能再活上三年。他盼望著能在大牧場的一角平平靜靜地住上一陣。那樣的話，他就能第一次騰出空來學習，以增長才智。他說，他打算利用全部餘生去學習字母表上還剩下的二十二個字母。

然而，班傑明和幸運草只有在收工之後才能和拳擊手在一起。而正是那一天中午，有一輛車來了，拉走了拳擊手。當時，動物們正在一頭豬的監視下忙著在蘿蔔地裡除草，忽然，他們驚訝地看到班傑明從農莊窩棚那邊飛奔而來，一邊還扯著嗓子大叫著。這是他們第一次見到班傑明如此激動，事實上，也是第一次看到他奔跑。「快，快！」他大聲喊著，「快來呀！他們要拉走拳擊手！」沒等豬下命令，動物們全都放下活計，迅速跑回去了。果然，院子裡停著一輛大篷車，由兩匹馬拉著，車邊上寫著字，駕車人的位置上坐著一個男人，陰沉著臉，頭戴一頂低檐圓禮帽。拳擊手的棚子空著。

動物們一擁而上圍住車子，異口同聲地說：「再見，拳擊手！再見！」

「笨蛋！傻瓜！」班傑明喊著，繞著他們一邊跳，一邊用他的小蹄掌敲打地面：「傻瓜！你們沒看見車邊上寫著什麼嗎？」

這一下，動物們猶豫了，場面也靜了下來。妙瑞開始拼讀那些字。可是班傑明卻把她推到了一邊，他自己就在死一般的寂靜中唸道：

「『威靈頓，艾夫列·西蒙茲，屠馬商兼煮膠商，皮革商兼供應狗食的骨粉商。』你們不明白這是什麼意思嗎？他們要把拳擊手拉到宰馬場去！」

聽到這些，所有的動物都突然迸發出一陣恐懼的哭號。就在這時，坐在車上的那個人揚鞭催馬，馬車在一溜小跑中離開大院。所有的動物都跟在後面，拚命地喊叫著。幸運草硬擠到最前面。這時，馬車開始加速，幸運草也試圖加快她那粗壯的四肢趕上去，並且愈跑愈快。「拳擊手！」她哭喊道，「拳擊手！拳擊手！拳擊手！」恰在這時，好像拳擊手聽到了外邊的喧囂聲，他的面孔，帶著一道直通鼻子的白毛，出現在車後的小窗子裡。

「拳擊手！」幸運草淒厲地哭喊道，「拳擊手！出來！快出來！他們要送你去死！」

所有的動物一齊跟著哭喊起來，「出來，拳擊手，快出來！」但馬車已經加速，離他們愈來愈遠了。說不準拳擊手到底是不是聽清了幸運草喊的那些話。但不一會兒，他的臉從窗子上消失了，接著車內響起一陣巨大的馬蹄踢蹬聲。他是在試圖踹開車子出來。按說只要幾下，拳擊手就能把車廂踢個粉碎。可是天啊！他已經沒有力氣了；一會兒，馬蹄的踢蹬聲漸漸變弱直至消失了。奮不顧身的動物便開始懇求拉車的兩匹馬停下來。「同志們，同志們！」他們大聲呼喊，「別把你們的親兄弟拉去送死！」但是那兩匹愚蠢的畜牲，竟傻得不知道這是怎麼回事，只管豎起耳朵加速奔跑。拳擊手的面孔再也沒有出現在窗子上。有的動物想跑到前面關上五柵門，但是太晚了，一瞬間，馬車就已衝出大門，飛快地消失在大路上。再也見不到拳擊手了。

三天之後，據說他已死在威靈頓的醫院裡，但是，作為一匹馬，他已經得到了無微不至的照料。這個消息是由尖聲仔當眾宣布的，他說，在拳擊手生前的最後幾小時裡，他一直守候在場。

「那是我見到過最受感動的場面！」他一邊說著，一邊抬起蹄子抹去一滴淚水，「在最後一刻我守在他床邊。臨終前，他幾乎衰弱得說不出活來，他湊在我的耳邊輕聲說，他唯一遺憾的是在風車建成之前死去。他低聲說：『同志們，前進！以起義的名義前進，動物農莊萬歲！拿破崙同志萬歲！拿破崙永遠正確。』同志們，這些就是他的臨終遺言。」

講到這裡，尖聲仔忽然變了臉色，他沉默了一會兒，用那雙小眼睛裡射出的疑神疑鬼的目光掃視了一下會場，才繼續講下去。

他說，據他所知，拳擊手被拉走後，農莊上流傳著一個愚蠢的、不懷好意的謠言。有的動物注意到，拉走拳擊手的馬車上有「屠馬商」的標記，就信口開河地說，拳擊手被送到宰馬場了。他說，幾乎難以置信竟有這麼傻的動物。他擺著尾巴左右蹦跳著，憤憤地責問，從這一點來看，他們眞的很瞭解敬愛的領袖拿破崙同志嗎？其實，答案十分簡單，那輛車以前曾歸一個屠馬商所有，但獸醫院已買下了它，不過他們還沒有來得及把舊名字塗掉。只是因爲這一點，才引起了大家的誤會。

動物們聽到這裡，都大大地鬆了一口氣。接著尖聲仔繼續繪聲繪影地描述著拳擊手的靈床和他所受到的優待，還有拿破崙爲他不惜一切代價購置的貴重藥品等等細節。於是他們打消了最後一絲疑慮，想到他們的同志在幸福中死去，他們的悲哀也消解了。

在接下來那個星期天早晨的會議上，拿破崙親自到會，向拳擊手致敬，宣讀了一篇簡短的悼辭。他說，已經不可能把他們亡故同志的遺體拉回來並埋葬在農莊裡了。但他已指示，用農莊主院花園裡的月桂花做一個大花圈，送到拳擊手的墓前。並且，幾天之內，豬還打算爲向拳擊手致哀，舉行一次追悼宴會。最後，拿破崙以

「我要更加努力工作」和「拿破崙同志永遠正確」這兩句拳擊手心愛的格言結束了他的講話。在提到這兩句格言時，他說，每個動物都應該把這兩句格言確實作爲自己的借鑑，並認眞地貫徹到實際行動中去。

到了確定爲宴會的那一天，一輛雜貨商的馬車從威靈頓駛來，在農莊主院交付了一只大木箱。當天晚上，莊主院裡傳出了一陣喧喧嚷嚷的歌聲，在此之後，又響起另外一種聲音，聽上去像是在激烈地吵鬧，這吵鬧聲直到十一點左右，在一陣打碎了玻璃的巨響聲中才靜了下來。直到第二天中午之前，農莊主院內不見任何動靜。同時，又流傳著這樣一個小道消息，說豬先前不知從哪裡搞到了一筆錢，並又買了一箱威士忌。

10

春去秋來，年復一年。隨著歲月的流逝，壽命較短的動物都已相繼死去。眼下，除了幸運草、班傑明、烏鴉摩西和一些豬之外，已經沒有一個能記得起義前的日子了。

妙瑞死了，藍鈴、傑西、鉗子都死了，瓊斯也死了，他死在英格蘭另一個地方的一個酒鬼家裡。雪球被忘掉了。除了幾個本來就相識的動物之外，拳擊手也被遺忘了。幸運草如今也老了，她身體肥胖，關節僵硬，眼裡總帶著一團眼屎。按退休年齡來說，她的年齡已超過兩年了，但實際上，從未有一個動物真正退休。撥出大牧場一角給退休動物享用的話題也早就擱到一邊了。如今的拿破崙時值盛年，已是一頭體重三百多磅的公豬。尖聲仔胖得連睜眼往外看都似乎感到困難。只有老班傑明，幾乎和過去一個樣，就是鼻子和嘴周圍有點發灰，再有一點，自從拳擊手死去後，他比以前更加孤僻和沉默寡言。

現在，農莊裡的牲口比以前多得多了，儘管增長的數目不像早些年所預見的那麼大。很多動物生在農莊，還有一些剛來自別的地方。對於那些出生在農莊的動物來說，起義只不過是一個模模糊糊的口頭上的傳說而已；而對那些來自外鄉的動物來說，他們在來到農莊之前，還從未聽說過起義的事。現在的農莊，除了幸運草之外，另外還有三匹馬，他們都是好同志，個個身強力壯都是幹活能手，可惜都很笨。看起來，他們中間沒有一個能學會字母表上「B」以後的字母。對於有關起義和動物主義原則的事，凡是他們能聽到的，他們都毫無保留地全盤接受，尤其是對出自幸運草之口的更是如此。他們對幸運草的尊敬，已近乎孝順。但是，他們究竟是不是能弄通這些道理，仍然值得懷疑。

現在的農莊更是欣欣向榮，也更井然有序了。農莊裡增加了兩塊地，是從皮金頓先生那裡買來的。風車最終還是成功地建成了，農莊裡也有了自己的一台打穀機及草料升降機。另外，還加蓋了許多種類不一的新建築。溫普爾也為自己買了一輛雙輪單駕馬車。不過，風車最終沒有用來發電，而是用來磨穀子，並且為農莊創收了數目可觀的利潤。如今，動物們又在為建造另一座風車而辛勤勞作，據說，等這一座建成了，就要安裝上發電機。但是，當年談論風車時，雪球引導動物們所想像的那種享受不盡的舒適，那種帶電燈和冷熱水的窩棚，那種每週三天工作制，如今都不再談論了。拿破崙早就斥責說，這些想法是與動物主義的精神背道而馳的。他說，最純粹的幸福在於工作勤奮和生活儉樸。

不知道為什麼，反正看上去，農莊似乎已經變得富裕了，但動物們自己一點沒有變富，當然豬和狗要排除在外。也許，其中的部分原因是由於豬和狗都多吧。處在他們這一等級的動物，都是用他們自己的方式從事勞動。正像尖聲仔樂於解釋的那樣，在農莊的監督和組織工作中，有很多沒完沒了的事，在這類事情中，有大量工作是其他動物由於無知而無法理解的。例如，尖聲仔告訴他們說，豬每天要耗費大量的精力，用來處理所謂「文件」、「報告」、「會議紀錄」和「備忘錄」等等神祕的事宜。這類文件數量很大，還必須仔細塡寫，而且一旦塡寫完畢，又得把它們放在爐子裡燒掉。尖聲仔說，這是爲了農莊的幸福所做的最重要的工作。但是迄今，無論是豬還是狗，都還沒有親自生產過一粒糧食，而他們仍然爲數眾多，他們的食欲還總是十分旺盛。

至於其他動物，迄今就他們所知，他們的生活還是一如既往。他們普遍都在挨餓，睡的是草墊，喝的是池塘裡的水，幹的是田間裡的活，冬天被寒冷所困，夏天又換成了蒼蠅。有時，他們中間的年長者絞盡腦汁，竭盡全力從那些淡漠的印象中搜索著回憶的線索，他們試圖以此來推定起義後的早期，剛趕走瓊斯那會兒，情況是比現在好呢還是糟，但他們都記不得了。沒有一件事情可以用來和現在的生活做比較，除了尖聲仔的一連串數字以外，他們沒有任何憑據用來比較，而尖聲仔的數字總是千篇一律地表明，所有的事正變得愈來愈好。動物們發現這個問題解釋不清，不管怎麼說，他們現在很少有時間去思索這類事情。唯有老班傑明與眾不同，他自稱對自己那漫長的一生中的每個細節都記憶猶新，還說他認識到事物過去沒有，將來也不會有什麼更好或更糟之分。因此他說，飢餓、艱難、失望的現實，是生活不可改變的規律。

不過，動物們仍然沒有放棄希望。確切地說，他們身為動物農莊的一員，從來沒有失去自己的榮譽感和優越感，哪怕是一瞬間也沒有過。他們的農莊依然是整個國家——所有英倫三島中——唯一歸動物所有、並由動物管理的農莊。他們中間的成員，就連最年輕的，甚至還有那些來自十英里或二十英里以外農莊的新成員，每每想到這一點，都無不感到驚喜交加。當他們聽到鳴槍，看到旗桿上綠旗飄揚，他們內心就充滿了不朽的自豪，話題一轉，也就時常提起那史詩般的過去，以及驅除瓊斯、刻寫「七誡」、擊退人類來犯者的偉大戰鬥等等。那些舊日的夢想一個也沒有丟棄。想當年少校預言過的「動物共和國」，和那個英格蘭的綠色田野上不再有人類足跡踐踏的時代，至今依然是他們的信仰所在。他們依然堅信：總有一天，那個時代會到來，也許它不會馬上到來，也許它不會在任何現在健在的動物的有生之年到來，但它終究要到來。而且至今，說不定就連〈英格蘭之獸〉的曲子還在被到處偷偷地哼唱著，反正事實上，農莊裡的每個動物都知道它，儘管誰也不敢放聲大唱。也許，他們生活艱難；也許，他們的希望並沒有全部實現，但他們很清楚，他們和別的動物不一樣。如果他們沒有吃飽，那麼也不是因爲把食物拿去餵了暴虐的人類；如果他們幹活苦了，那麼至少他們是在爲自己辛勞。在他們中間，誰也不用兩條腿走路，誰也不稱誰爲「老爺」，所有動物一律平等。

初夏的一天，尖聲仔讓羊跟著他出去，他把他們領到農莊的另一頭，那地方是一塊長滿樺樹苗的荒地。在尖聲仔的監督下，羊在那裡吃了整整一天樹葉，到了晚上，尖聲仔告訴羊說，既然天氣暖和了，他們就待在那兒算了。然後，他自己返回了農莊主院。羊在那裡呆了整整一個星期。在這期間，別的動物連他們的一絲影子也沒見著。尖聲仔每天倒是耗費大量時間和他們泡在一起。他解釋說，他正在教他們唱一首新歌，因此十分需要清靜。

那是一個爽朗的傍晚，羊回來了。當時，動物們才剛剛收工，正走在回窩棚的路上。突然，從大院裡傳來一聲馬的悲叫，動物們嚇了一跳，全都立即停下腳步。是幸運草的聲音，她又嘶叫起來。於是，所有的動物全都奔跑著衝進了大院。這一下，他們看到了幸運草看到的情景。

是一頭豬在用後腿走路。

是的，是尖聲仔。他還有點笨拙，好像還不大習慣用這種姿勢支撐他那巨大的身體，但他卻能以熟練的平衡，在院子裡散步了。不大一會兒，從農莊主院門裡走出一長隊豬，都用後腿在行走。他們走得好壞不一，有一兩頭豬還有點不穩當，看上去好像他們本來更適於找一根棍子支撐著。不過，每頭豬都繞著院子走得相當成功。最後，在一陣非常響亮的狗叫聲和那隻黑公雞尖細的啼叫聲中，拿破崙親自走出來了，他大模大樣地直立著，眼睛四下裡輕慢地瞥了一下。他的狗則活蹦亂跳地簇擁在他的周圍。

他的蹄子中捏著一根鞭子。

一陣死般的寂靜。驚訝、恐懼的動物們擠在一堆，看著那一長隊豬慢慢地繞著院子行走。彷彿這世界已經完全顛倒了。接著，當他們從這場震驚中緩過一點勁的時候，有那麼一瞬間，他們顧不上顧慮任何事——顧不上他們對狗的害怕，顧不上他們多少年來養成的，無論發生什麼事，他們也從不抱怨、從不批評的習慣——他們馬上要大聲抗議了，但就在這時，像是被一個信號刺激了般，所有的羊爆發出一陣巨大的咩咩聲：

「四條腿好，兩條腿更好！四條腿好，兩條腿更好！四條腿好，兩條腿更好！」

喊叫聲不間歇地持續了五分鐘。等羊安靜下來後，已經錯過了任何抗議的機會了，因爲豬已列隊走回農莊主院。

班傑明感覺到有一個鼻子在他肩上磨蹭。回頭一看，是幸運草。只見她那一雙衰老的眼睛比以往更加灰暗。她沒說一句話，輕輕地拽他的鬃毛，領著他轉到大穀倉那一頭，那兒是寫著「七誡」的地方。他們站在那裡注視著有白色字體的柏油牆，足足有一兩分鐘。

「我眼睛不行了，」她終於說話了，「就是年輕時，我也認不得那上面所寫的東西。可是今天，怎麼我看著這面牆跟以前不同了。『七誡』還是過去那樣嗎？班傑明？」

只有這一次，班傑明答應破個例，他把牆上寫的東西唸給她聽，而今那上面已經沒有別的什麼了，只有一條戒律，它是這樣寫的：

所有動物一律平等

但有些動物比其他動物
更加平等

從此以後，似乎不再有什麼可稀奇的了：第二天所有的豬在農莊監督幹活時蹄子上都捏著一根鞭子，算不得稀奇；豬爲他們自己買了一台無線電收音機，並正在準備安裝一部電話，算不得稀奇；得知他們已經訂閱了《約翰牛①報》、《珍聞報》及《每日鏡報》，算不得稀奇；看到拿破崙在農莊主院花園裡散步時，嘴裡含著一根菸斗，也算不得稀奇。是的，不必再大驚小怪了。哪怕豬把瓊斯先生的衣服從衣櫃裡拿出來穿在身上也沒有什麼。如今，拿破崙自己已經穿上了一件黑外套和一條特製的馬褲，還綁上了皮綁腿，同時，他心愛的母豬則穿上了一條波紋綢裙子，那是瓊斯夫人過去常在星期天穿的。

一週後的一天下午，一隊兩輪單駕馬車駛進農莊。一個由鄰近農莊主人組成的代表團，已接受邀請來此進行考察觀光。他們參觀了整個農莊，並對他們看到的每件事都讚不絕口，尤其是對風車。當時，動物們正在蘿蔔地裡除草，他們幹得細心認眞，很少揚起臉，搞不清他們是對豬更害怕呢，還是對來參觀的人更害怕。

那天晚上，從農莊主院裡傳來一陣陣哄笑聲和歌聲。動物們突然被這混雜的聲音吸引住了。他們感到好奇的是，既然這是動物和人第一次在平等關係下濟濟一堂，那麼在那裡會發生什麼事呢？於是他們便不約而同地，盡量不出一點聲音地往農莊主院的花園裡爬去。

到了門口，他們又停住了，多半是因爲害怕而不敢再往前走，但幸運草帶頭進去了，他們踮著蹄子，走到房子跟前，那些個頭很高的動物就從餐廳的窗戶上往裡面看。屋子裡面，在那張長長的桌子周圍，坐著六個農莊主人和六頭最有名望的豬，拿破崙自己坐在桌子上首的東道主席位上，豬在椅子上顯出一副怡然自得的樣子。賓主一直都在津津有味地玩撲克牌，但是在中間停了一會兒，顯然是爲了準備乾杯。有一個很大的罐子在他們中間傳來傳去，杯子裡又添滿了啤酒。他們都沒注意到窗戶上有很多詫異的面孔正在凝視著裡面。

狐林農莊的皮金頓先生舉著杯子站了起來。他說道，稍等片刻，他要請在場的諸位乾杯。在此之前，他感到有幾句話得先講一下。

①約翰牛（John Bull），英國的別名。

他說，他相信，他還有其他在場的各位都感到十分喜悅的是，持續已久的猜疑和誤解時代已經結束了。曾有這樣一個時期，無論是他自己，還是在座的諸君，都沒有今天這種感受。當時，可敬的動物農莊的所有者，曾受到他們的人類鄰居的關注，他情願說這關注多半是出於一定程度上的焦慮，而不是帶著敵意。不幸的事件曾發生過，錯誤的觀念也曾流行過。一個由豬所有並由豬管理經營的農莊也曾讓人覺得總有些名不正言不順，而且有容易給鄰近農莊帶來擾亂因素的可能。相當多的農莊主人沒有做適當的調查就信口推斷，在這樣的農莊裡，肯定會有一種放蕩不羈的歪風邪氣在到處蔓延。他們擔心這種狀況會影響他們自己的動物，甚至影響他們的雇員。但現在，所有這種懷疑都已煙消雲散。今天，他和他的朋友們拜訪了動物農莊，用他們自己的眼睛觀察了農莊的每一個角落。他們發現了什麼呢？這裡不僅有最先進的方法，而且紀律嚴明，有條不紊，這應該是各地農莊主人學習的榜樣。他相信，他有把握說，動物農莊的下級動物，比全國任何動物幹的活都多，吃的飯卻少。的確，他和他的代表團成員今天看到了很多有特色之處，他們準備立即把這些引進他們各自的農莊中去。

他說，他願在結束發言的時候，再次重申動物農莊及其鄰居之間已經建立的和應該建立的友好感情。在豬和人之間不存在，也不應該存在任何意義上的利害衝突。他們的奮鬥目標和遇到的困難是一致的。勞工問題不是到處都相同嗎？講到這裡，顯然，皮金頓先生想突然講出一句經過仔細琢磨的妙語，但他樂不可支了好一會兒，講不出話來，他竭力抑制住，下巴都憋得發紫了，最後才蹦出一句：「如果你們有你們的下層動物在作對，」他說，「我們也有我們的下層階級！」這一句意味雋永的話引起一陣哄堂大笑。皮金頓先生再次爲他在動物農莊看到的飼料供給少、勞動時間長，普遍沒有嬌生慣養的現象等等，向豬表示祝賀。

他最後說道，到此爲止，他要請各位站起來，實實在在地斟滿酒杯。「先生們，」皮金頓先生在結束時說，「先生們，我敬你們一杯：爲動物農莊的繁榮昌盛乾杯！」

一片熱烈的喝采聲和跺腳聲響起。拿破崙頓時心花怒放，他離開座位，繞著桌子走向皮金頓先生，和他碰了杯便喝乾了，喝采聲一靜下來，依然靠後腿站立著的拿破崙示意，他也有幾句話要講。

這個講話就像拿破崙所有的演講一樣，簡明扼要而又一針見血。他說，他也爲那個誤解時代的結束感到高興。曾經有很長一個時期，流傳著這樣的謠言，他有理由認爲，這些謠言是一些居心叵測的仇敵散布的，說在他和他的同僚的觀念中，有一種主張顚覆、甚至是革命性的東西。他們一直被看作是企圖煽動鄰近農莊的動物起義。但是，事實是任何謠言都掩蓋不了的。他們唯一的願望，無論是在過去還是現在，都是與他們的鄰居和平共處，保持正常的貿易關係。他補充說，他有幸掌管的這個農莊是一家合營企業。他自己手中的那張地契，歸豬共同所有。

他說道，他相信任何舊的猜疑不會繼續存在下去了。而最近對農莊的慣例又做了一些修正，會進一步增強這一信心。長期以來，農莊裡的動物還有一個頗爲愚蠢的習慣，那就是互相以「同志」相稱；這要取消。還有一個怪癖，搞不清是怎麼來的，就是在每個星期天早上，要列隊走過花園裡一個釘在木樁上的公豬頭蓋骨；這個也要取消，頭蓋骨已經埋了。他的訪客也許已經看到那面旗桿上飄揚著的綠旗，如果眞如此的話，他們或許已經注意到，過去旗面上畫著的白色蹄掌和犄角現在沒有了。從今以後，那面旗將是全綠的旗。

他說，對皮金頓先生的精彩而友好的演講，他只有一點要補充修正。皮金頓先生一直提到「動物農莊」，他當然不知道了，因爲就連他拿破崙也只是第一次宣告，「動物農莊」這個名字作廢了。今後，農莊的名字將是「曼納農莊」，他相信，這個名字才是它的眞名和原名。

「先生們，」他總結說，「我將給你們同樣的祝辭，但要以不同的形式，請斟滿這一杯。先生們，我的祝辭是：爲曼納農莊的繁榮昌盛乾杯！」

一陣同樣熱烈而眞誠的喝采聲響起，酒也一飲而盡。但當外面的動物們目不轉睛地看著這一情景時，他們似乎看到了，有一些怪事正在發生。豬的面孔上發生了什麼變化呢？幸運草那一雙衰老昏花的眼睛掃過一個接一個面孔。他們有的有五個下巴，有的有四個，有的有三個，但是有什麼東西似乎正在融化消失，正在發生變化。接著，熱烈的掌聲結束了，他們又拿起撲克牌，繼續剛才中斷的遊戲，外面的動物悄悄地離開了。

但他們還沒有走出二十碼，又突然停住了。莊主院傳出一陣吵鬧聲。他們跑回去，又一次透過窗子往裡面看。是的，裡面正在大吵大鬧。那情景，既有大喊大叫的，也有捶打桌子的；一邊是疑神疑鬼的銳利目光，另一邊卻在咆哮著矢口否認。吵鬧的原因好像是因爲拿破崙和皮金頓先生同時打出了一張黑桃A。

十二個嗓門一齊在憤怒地狂叫著，他們何其相似！而今，不必再問豬的面孔上發生了什麼變化。外面的眾生靈從豬看到人，又從人看到豬，再從豬看到人；但他們已分不出誰是豬，誰是人了。

一九四三年十一月～一九四四年二月

喬治・歐威爾大事記

一九〇三　生於印度，取名艾瑞克・亞瑟・布萊爾。

一九一七　考取獎學金，入英國著名的伊頓公學，並開始在校刊上發表詩作。

一九二一　伊頓公學畢業，旋即赴緬甸任帝國警察。

一九二七　開始對英國帝國主義在殖民地的統治方式產生懷疑，於當年辭職。

一九二八～三一　浪跡於巴黎和倫敦的社會最底層，住貧民窟，與遊民為伍。

一九三二～三四　任書店店員。

一九三三　發表處女作《巴黎倫敦落魄記》，並首次正式使用喬治・歐威爾這個筆名。此筆名雖始終未進行任何法律登記，卻正式記載於各類相關的文學史紀錄中。

一九三四　正式發表《緬甸歲月》。

一九三五　正式發表小說《牧師的女兒》（*A Clergyman's Daughter*）。

一九三六　發表小說《讓葉蘭飄揚》（*Keep the Aspidistra Flying*）。
接受一個左翼出版商的聘請，遍訪英國北部工業區，實地調查工人階級的窮困狀況。
年中與奧修南西（Eileen O'shaughnessy）結婚。

一九三七　年底赴西班牙，並加入左翼組織。
　　　　　發表反映下層工人生活實況的報告文學《通往威根碼頭之路》。

一九三八　年中，在西班牙內戰中身負重傷後回國。
　　　　　發表描寫西班牙內戰的作品《向加泰隆尼亞致敬》。
　　　　　因舊病復發赴摩洛哥療養一個冬天。

一九三九　冬季後搬回英國。小說《起風》（*Coming up for Air*）發表。
　　　　　九月，二次大戰爆發，旋赴倫敦，積極投身從事各類備戰支援前線工作。

一九四〇　發表評論集《在鯨魚的腹中》（*Inside the Whale*）。

一九四一　開始在ＢＢＣ（英國國家廣播公司）工作。
　　　　　發表評論集《獅子與獨角獸》（*The Lion and the Unicorn*）。

一九四三　辭掉ＢＢＣ的工作，任《論壇報》（*Tribune*）編輯。
　　　　　開始構思《動物農莊》。

一九四四　完成《動物農莊》，卻因外交原因，一時無法出版。

一九四五　辭掉《論壇報》職務，不顧槍林彈雨和個人健康的雙重危險，擔任隨軍記者，赴戰火正旺的歐洲大陸，直到最終見證納粹德國的潰敗。
　　　　　髮妻病逝於英國。
　　　　　《動物農莊》終於在八月出版，短時間即好評如潮。
　　　　　開始構思《1984》。

一九四六～四八　舊病復發並惡化，輾轉蘇格蘭數處療養，並專心寫作《1984》，直至完成。

一九四九　病情再趨惡化，轉回倫敦的大學醫院醫治。
與索妮亞・布朗耐爾（Sonia Brownell）結婚。
《1984》出版。

一九五〇　年初病逝於倫敦的大學醫院。

一九六八　四卷本《喬治・歐威爾散文、評論及書簡集》（*Collected Essays, Journalism and Letters of George Orwell*）出版。

一九六八～八七　九卷本《喬治・歐威爾全集》（*The Complete Works of George Orwell*）出版。

國家圖書館出版品預行編目資料

動物農莊／喬治・歐威爾著；張毅，高孝先譯 -- 初版. -- 台北市：商周出版：家庭傳媒城邦分公司發行, 2006〔民95〕
面；　　公分. —（商周經典名著；29）
譯自：Animal farm
ISBN　978-986-124-714-4（平裝）

873.57　　　　95013960

「線上問卷回函」

商周經典名著 29Y

動物農莊 *Animal Farm : A Fairy Story*（暢銷改版）

作　　者／喬治・歐威爾（George Orwell）
譯　　者／張毅、高孝先
責任編輯／彭子宸

版　　權／吳亭儀、林易萱、江欣瑜
行銷業務／周佑潔、賴玉嵐、賴正祐
總 編 輯／黃靖卉
總 經 理／彭之琬
發 行 人／何飛鵬
第一事業群總經理／黃淑貞
法律顧問／元禾法律事務所王子文律師
出　　版／商周出版
台北市104民生東路二段141號9樓
電話：(02) 25007008　傳真：(02)25007759
E-mail：bwp.service@cite.com.tw
發　　行／英屬蓋曼群島商家庭傳媒股份有限公司 城邦分公司
台北市中山區民生東路二段141號2樓
書虫客服服務專線：02-25007718；25007719
服務時間：週一至週五上午09:30-12:00；下午13:30-17:00
24小時傳真專線：02-25001990；25001991
劃撥帳號：19863813；戶名：書虫股份有限公司
讀者服務信箱：service@readingclub.com.tw
城邦讀書花園：www.cite.com.tw
香港發行所／城邦（香港）出版集團有限公司
香港灣仔駱克道 193 號東超商業中心1F
E-mail : hkcite@biznetvigator.com
電話：(852) 25086231　傳真：(852) 25789337
馬新發行所／城邦（馬新）出版集團　【Cité (M) Sdn. Bhd.】
41, Jalan Radin Anum, Bandar Baru Sri Petaling,
57000 Kuala Lumpur, Malaysia.
電話：(603) 90578822　傳真：(603) 90576622　Email: cite@cite.com.my

封面設計／廖韡
排　　版／極翔企業股份有限公司
印　　刷／韋懋實業有限公司
總 經 銷／聯合發行股份有限公司
地址：新北市231新店區寶橋路235巷6弄6號2樓
電話：(02) 2917-8022 傳真：(02) 2911-0053

■2006年8月14日初版
■2023年9月12日三版1刷
ISBN 978-986-124-714-4　　eISBN 978-626-318-845-7 (EPUB)
Printed in Taiwan.

定價220元

城邦讀書花園
www.cite.com.tw